Sのエージェント

お困りのあなたへ

著　ひらび久美

Contents

ひらび久美

☑プロローグ　枯れ女の成れの果て

いったぁ……。

こめかみに脈打つたびにズキズキする痛みを感じながら、塚口琴音（つかぐちことね）は目を覚ました。窓から差し込む朝日が刺すようにまぶしくて、目を細める。

全身が重くてだるい上に、胸がムカムカして吐き気がした。どう考えても二日酔いの症状だ。ため息をついて額に腕を載せた。オフホワイトのワンピースの袖が見え、昨日、着替えずに寝たことに気づく。

（最悪……）

少しでも楽な体勢になりたくて、体を丸めながら横を向いたとたん、ギョッとした。信じられないほど美しい女性の寝顔が目の前にあったのだ。

（えぇぇっ!?）

夢だろうと思って目をこすってみたが、女性は相変わらず目の前で穏やかな寝息を立てている。歳は三十くらいで、髪は漆黒のロングヘア。肌は陶器のように白く滑らかで、眉は形よくキュッと上がり、長いまつげが目の下に濃く影を落としている。すっと通った鼻筋は美しく、少し開いた艶のある唇がとてもセクシーだ。シルクのような光沢のあるパジャマを着て、ダークブラウンのタオルケットを肩までかぶっている。

（だ、誰っ⁉）

琴音はベッドにガバッと起き上がった。だが、急に体を起こしたせいで頭痛がひどくなり、膝に肘をついて手でこめかみを押さえた。

（なんで……どうしてこんな美女が私のベッドで寝てるの……？）

そう思って違和感を覚えた。

顔を上げて部屋を見まわし、愕然とする。そこは二十畳はあろうかという広い洋室だった。横の壁は一面大きな窓になっていて、白いレースのカーテンとシックなブラウンのカーテンが二重にかかっていた。隙間から朝日が差し込んでいて、ベッドの脇にはおちついた木目調のサイドテーブルとライトがあり、足元にはふかふかしたダークブラウンのカーペットが敷かれている。

（こ、ここはどこ？　私、昨日は……）

思い出そうとしたとたん、視界がにじんで目から涙が零れた。

ああ、そうだった。昨日は……恋人・佐々木瑛一郎（ささきえいいちろう）と会ったのだ……。

十月中旬の土曜日の昨日。昼前、自転車で書店に行った帰りに、スマートフォンで公園の紅葉を撮影中、瑛一郎からメッセージが届いた。『夜、一緒に食事をしよう』と誘われ、琴音は心を躍らせた。瑛一郎に前回会ったのは二週間前。久しぶりのデートだったから。

琴音は写真撮影をやめてさっそく返事を打ち込む。

『いいよ！　どこに行く？』
すぐに瑛一郎から返信があった。『おちついて話せそうだから』と彼が提案したのは、〝イル・クオーレ〟という名前のイタリアンレストランだった。添付されているＵＲＬを開くと、店の外観の写真と住所が表示された。住所は大阪府三島郡島本町。琴音がひとり暮らしをしている大阪市東淀川区のマンションからは、阪急電鉄を使って四十分以上かかる。

　ちょっと遠いけど、瑛一郎さんとの久しぶりのディナーなのだから、どこへだって行ける！　その気持ちのまま、琴音は『いいよ！』とメッセージを返した。

『じゃあ、七時で予約しておくよ』

『お願いしまーす！』

　琴音はメッセージが既読になったのを確認し、ワクワクしながら自転車をこぎはじめた。

　琴音と瑛一郎は、部署は違うが同じ会社の上司と部下という関係で出会った。瑛一郎は琴音の五歳上で今年三十一歳になる。

　ふたりが働く株式会社ＯＳＫ食品は、調味料やレトルト食品、冷凍食品のメーカーとして、一九六五年に創業された。十五年前に大手デパートの持ち株会社に買収されてからは、デパートの食品売り場や大手スーパーの総菜の製造・販売も行っている。琴音は総務部、瑛一郎は隣の人事部の所属だ。

　一緒に採用業務に携わったのがきっかけで付き合うようになり、二年が経った。だが、ふたりの関係は社内では秘密だ。それは、琴音が入社する前に瑛一郎が経験した出来事に原因がある。彼は商品開発部にいたとき、同じ部の女性と社内公認で付き合っていたが、別れて職場での関係がギクシャクし、結局その女性が転職してしまったのだ。『付き合っていることは秘密にしたい』と瑛一郎に言われたとき、琴音は彼が別れたあとのことを心配しているようで少し嫌だったが、仕事に私情を持ち込みたくない、という彼の気持ちを尊重することにした。

大っぴらにデートできないのは残念だが、だからこそふたりきりで過ごせるときは、今でもドキドキして嬉しくなる。優しい瑛一郎と過ごす穏やかな時間を、琴音はなにより大切にしていた。

琴音は普段より気合いを入れてメイクをし、ヘアアイロンを使ってセミロングのストレートへアの毛先をカールさせ、お気に入りのワンピースにトレンチコートを合わせた。阪急電鉄に乗って水無瀬(みなせ)駅で降り、地図アプリを頼りにイル・クオーレを目指す。大きなマンションの手前で二回角を曲がった住宅街に、アイボリーのタイル貼りの七階建てマンションが見えてきた。一階にはパティスリーも入っているが、その奥のグリーンのサンシェードが張り出している店がイル・クオーレだ。

左手首の腕時計を見ると、針は六時五十分を指していた。待ち合わせの時間まであと十分ある。

（瑛一郎さんはもう来てるかな？）

琴音はワクワクしながら、小窓のついたライトブラウンのドアをそっと押した。ドアに飾られたウィンドチャイムが軽やかな音を立てる。正面にはカウンター席があって、その奥に厨房が見え、白いコックコート姿の背の高い男性シェフが、忙しそうにフライパンを動かしていた。

「いらっしゃいませ」

シェフが顔を上げた。三十歳くらいで、目鼻立ちのはっきりした端正な顔立ちをしているが、表情に暗い陰がある。琴音と目が合って、ハッとしたように息をのんだ。

(え、私、なんか変?)

この秋初めてクローゼットから出したコートだが、クリーニング店のタグは外したはずだ。だが、自信がなくて琴音は襟元を引っ張って見た。

(タグはついてない)

じゃあなんだろう、と思ったとき、シェフの声が聞こえてくる。

「何名様ですか?」

視線を戻すと、彼は何事もなかったかのように冷静な表情をしていた。

(私の気のせいだったのかな)

琴音は気を取り直して店内を見まわした。六つあるカウンター席にカップルがふた組座っているだけで、瑛一郎の姿はない。

「えっと、佐々木で予約していると思うんですが」

「承っています。奥のテーブル席へどうぞ」

シェフがフライパンから手を離し、ドアの左側を示した。そこにはふたりがけのテーブル席がふたつあり、奥のテーブルには〝予約席〟と書かれたプレートが置かれている。琴音はその席に腰を下ろし、トレンチコートを脱いでハンドバッグと一緒に、足元にあるランタンのカゴに入れた。

ホールには、ほかに店員の姿は見当たらない。シェフがひとりで切り盛りしているらしい。

店内はこぢんまりとしていて、羽目板張りのダークブラウンの壁がおちついた雰囲気だ。明るいイタリア語の曲が低音量で流れ、イタリアンレストラン特有のオリーブオイルやガーリックの匂いが漂っている。すぐ横の窓にはレースのカーテンが掛かっていて、それとランタン型の照明、ドアのウィンドチャイムを除けば、ほかに装飾らしいものはなかった。

隠れ家のような雰囲気に、これから瑛一郎と過ごす時間が楽しみになり、琴音の気持ちは高揚する。

ほどなくしてウィンドチャイムの音とともにドアが開き、瑛一郎が入ってきた。

「いらっしゃいませ」

さっきと同じようにシェフが瑛一郎に声をかけた。

「予約した佐々木です」

「あちらへどうぞ」

シェフに示された方向に瑛一郎が顔を向けた。目が合って琴音は小さく手を振り、瑛一郎はかすかに笑みを浮かべた。琴音も大好きな人と一緒に過ごせる喜びを、満面の笑みで表現する。

「瑛一郎さん」

「ごめん、待たせちゃったかな」

「ううん、私もさっき来たところ」

瑛一郎はベージュのジャケットを脱いで足元のカゴに入れた。彼は白のカジュアルなシャツにネイビーのズボンという恰好だ。

瑛一郎が席に着き、琴音は口を開く。

「隠れ家みたいでステキなお店だね」

「そうだね」

瑛一郎はカウンター横の壁に視線を送った。そこには大きめの黒板がかけられていて、白いチョークで今日のメニューが書かれている。

「今日は……なんでも好きなものを頼むといいよ」

瑛一郎は黒板を見たまま言った。

「私、いつも好きなものを頼んでるよ」

「……そうだったかな」

「そうだよ。私と瑛一郎さんは好みが似てるから、なにを頼んでもだいたい一緒になっちゃうんじゃない？」

琴音は微笑みながらメニューを見た。黒板にはアラカルトメニューのほかに、コースメニューもいくつか書かれている。

「今日は瑛一郎さんと二週間ぶりにふたりきりで過ごせると思って、お腹を空かせてきたんだ」

「そう。じゃあ、本日のおすすめコースぐらいがいいかな？」

瑛一郎は、前菜とパスタのほかにメインとして魚料理か肉料理がひとつ選べて、さらにデザートが食べられるコースを指差した。

「うん！　瑛一郎さんはメインどっちにする？」

魚料理は〝鮮魚のアクアパッツァ〟で、肉料理は〝仔牛のカツレツ・ルッコラのサラダ添え〟だ。

瑛一郎は少し考えてから答える。

「肉がいいかな」

「じゃあ、私も。そうしたら瑛一郎さんの好きな赤ワインを一緒に飲めるよね」

「そうだね」

琴音は黒板のワインリストを見たが、瑛一郎と付き合いはじめてから飲むようになったとはいえ、まだワインのことはよくわからない。

「瑛一郎さん、どのワインが料理に合いそう？　私も瑛一郎さんみたいに詳しくなりたいけど、ワインってたくさん種類や産地があって難しい」

　琴音がため息交じりに言い、瑛一郎は目を細めて微笑んだ。

「琴音のそういうところ……可愛いなって思ってた」

　琴音は思わず頬を染めた。客は琴音たち以外に四人だけだとはいえ、狭いレストランだ。人前で『可愛い』などと言われたのは初めてで、照れてしまう。

「俺の希望を訊いてくれたり、俺に頼ってくれたり……。そういうの、いいなって」

　瑛一郎は低い声で言って、琴音をじっと見つめた。

「あ、ありがと……」

　琴音は気恥ずかしくなって瞬きし、瑛一郎は視線を黒板に戻した。

「今日はフルボトルで頼もうかな」

（いつもはハーフボトルを頼むのに、珍しい。今日は飲みたい気分なのかな）

　琴音がそう思ったとき、瑛一郎が厨房に視線を送った。シェフが気づいて顔を上げる。

「少々お待ちください」

　シェフはフライパンで煮詰めていたソースを二皿のチキンソテーにかけ、皿を持って厨房から出てきた。

「お待たせしました」

　カウンター席のひと組のカップルの前に置き、代わりに水を入れたグラスを持って、琴音たちのテーブルにキビキビと歩いてきた。グラスをふたりの前に置いて〝予約席〟のプレートを下げ、腰に巻いたダークブラウンのエプロンのポケットからメモ帳とペンを取り出す。

「ご注文をどうぞ」

「本日のおすすめコースをふたつ。メインはふたりとも肉で、ワインは――」

瑛一郎が琴音の知らない銘柄のワインをオーダーした。

瑛一郎はどちらかというと寡黙で、余計なことをしゃべるタイプではないが、実はいろいろなことに詳しくて頼もしい、と琴音は常々思っていた。

琴音は恋人の顔をうっとりと見つめる。その視線に気づいて、瑛一郎が淡く微笑んだ。

一方のシェフは一度もニコリとすることなく、メモした注文内容を繰り返して厨房に戻っていった。そのタイミングでひと組のカップルがシェフに会計を頼む。

「ありがとうございました」

会計が終わって、カップルは手を繋ぎながら店を出ていった。琴音は視線を瑛一郎に戻した。彼は椅子にもたれながら、遠くを見るような目で窓のほうを見ている。

琴音が声をかけようとしたとき、シェフがグラスとワインボトルを運んできた。

「こちらのワインでよろしいでしょうか」

シェフにラベルを見せられ、瑛一郎が頷いた。シェフが手早くコルク栓を抜き、瑛一郎のグラスに深い赤色のワインを少量注ぐ。瑛一郎はグラスを受け取り、軽くまわして口に含んだ。

「結構です」

瑛一郎が言い、シェフは琴音のグラスにもワインを注ぐ。シェフは厨房に戻ったが、すぐに皿を二枚持って戻ってきた。

「前菜の〝軽くスモークした新サンマのマリネサラダ〟です」

テーブルに置かれた白い丸皿には、たっぷりのレタスの上にマリネしたトマトとタマネギ、それにそぎ切りされたサンマが和えて盛りつけられている。

「ごゆっくりどうぞ」

シェフが厨房に戻り、琴音と瑛一郎はグラスを持ち上げた。

「今日は急に仕事が入っちゃったんだよね。瑛一郎さん、お疲れ様」

「ああ」

ふたりで軽くグラスを合わせ、琴音はワインをひと口飲んだ。渋みは少ないがスパイスの香りが深く、後味はさっぱりしている。

「おいしい」

「よかった」

瑛一郎は低い声で言って、ふうっと息を吐き出した。椅子の背にもたれながら右手をテーブルに置いて、指先で軽くテーブルを叩いている。クロスのおかげで音はしないが、琴音はそのどことなくピリピリした仕草が気になった。会社でなにかトラブルでもあったのだろうか。

「仕事、大変だった？」

琴音は瑛一郎に声をかけた。

「いや。そういうんじゃない」

「そう？　なんだか疲れてるみたい」

琴音が心配そうに見つめ、瑛一郎は彼女を見つめ返した。

「琴音にはなにがあっても笑っていてほしい。琴音の笑顔に、俺はなによりも癒やされるんだ」

自分のことをそんなふうに思ってくれているなんて……と、琴音は照れて身をよじりたいような衝動に駆られたが、どうにかこらえた。

「瑛一郎さんのためなら、ずっと笑顔でいるよ」

そう言ったものの、いつになく瑛一郎にじっと見つめられ、琴音は気恥ずかしくなって小さく咳払いをした。

「瑛一郎さん、食べないの？」

「ああ、食べようか」

「いただきます」

彼がフォークを取り上げたので、琴音も続いた。サンマは軽くスモークされているため、適度に脂が落ちていて、マリネされた野菜と新鮮なレタスとの組み合わせが相性抜群だ。

「サンマってこういう食べ方もあるんだ。おいしい」

次に運ばれてきたのは、〝生ハムとアスパラガスのフェトチーネ〟だった。生クリームにパルミジャーノチーズを使ったソースが、しっとりした生ハムとアスパラガスに絡んで濃厚な味わいだ。

「すごくおいしい〜。瑛一郎さん、こんなステキなお店をどうやって探したの？」

琴音の問いかけに、瑛一郎はパスタを食べる手を止めて答える。

「就職説明会の会場の下見に来たときに、道を間違えてね。そのときたまたま見つけたんだ」

「そうなんだ。そうでもしないと、こういうところにあるお店ってなかなか気づかないよね」

「そうだね。でも、口コミサイトには載ってるみたいだよ」

「これだけおいしかったら当然だよね」

「でも、あんまりお客が増えても大変だろうね。オーナーシェフがひとりで切り盛りしてるみたいだから」

やっぱりそうだったんだ、と琴音は厨房を見た。シェフはカウンターのカップルの前にコーヒーを出したところだった。すぐに仔牛の肉を肉叩きで叩いて伸ばしはじめる。

たしかにひとりだと、満席になったら相当忙しいだろう。

「琴音は今日、どうしてたの？」

瑛一郎に話を振られ、琴音は書店に行った話をする。

「ずっと楽しみにしていた小説の続編が出たから買いに行ってたの！」

「たしか古道具屋が舞台のライトミステリーだったっけ？」

「そうそう！　ついに主人公の過去が明らかになるんだけどね……」

電車の中で読んだところまで話してパスタを食べ終えたとき、シェフがメイン料理を運んできた。

「〝仔牛のカツレツ・ルッコラのサラダ添え〟です」

皿には、こんがり黄金色に揚げ焼きされたカツレツに、鮮やかな緑のルッコラと赤いトマトが添えられていて、目でも食欲をそそられる。

「うわぁ、これもおいしそう！」

琴音は嬉々としてナイフとフォークを取り上げた。カツレツはナイフを入れるとサクッと切れ、口に入れると歯触りはカリッと軽いのに、チーズ入りの衣にコクがあってやみつきになりそうな味だ。

瑛一郎と一緒においしいものが食べられる幸せを、琴音は満喫していた。琴音のモットーは〝目の前にある幸せを大切にすること〟だ。大好きな人と一緒に楽しく食事ができる。それだけで嬉しくなる。

「おいしくてワインが進むね～」

琴音は二杯目のグラスを空けながら、瑛一郎を見た。酔いがまわってきて、なんだか楽しい気分だ。

カツレツは残り少なくなったが、ワインはボトルに半分ほど残っている。

まだワインが残っているので、チーズかなにかを追加で頼んでもいいだろうか。琴音はそう考えたが、瑛一郎のほうは食が進まないのか、メインにほとんど手をつけていなかった。彼の皿が空いてから追加注文してもいいか訊こうと待っていたが、瑛一郎はカツレツをのろのろと切ったきり、手が止まっている。視線を皿に落として、なにか思い悩んでいるように見えた。

「瑛一郎さん……？」

琴音は心配になって声をかけた。瑛一郎はまだ皿を見つめたままだ。

「どうしたの？　具合でも悪いの……？」

琴音は厨房にチラッと視線を送り、声を潜めて言う。

「あんまり好きな味じゃなかった……？」

琴音が下から顔を覗き込むようにすると、瑛一郎はナイフとフォークを置いて、ゆっくりと視線を上げた。その表情が思い詰めていて、琴音は思わず怪訝（けげん）な声を出す。

「どうしたの？」

「琴音」

彼は大きく息を吐いて悲しげに琴音を見つめた。彼のそんな表情はこれまで見たことがない。得体の知れない不安のようなものに襲われて、琴音はゴクリと唾を飲み込んだ。

「な、に？」

「……別れてほしい」

琴音はわけがわからず、首を軽く左右に振った。

「私……ワインを飲みすぎたかな。瑛一郎さんが……『別れてほしい』って言ったような……」

「言った。本当にごめん」

瑛一郎が頭を下げた。ついさっきまで楽しく食事をしていたのに、なぜ急に別れを切り出されたのか。理由が全くわからない。

「いったいどういうこと？」

「まさかこんなことになるなんて……思わなかった」

「こんなことって？　いったいなに？」

瑛一郎は琴音と目を合わせず、低い声で言う。

「実は……ある女性を妊娠させてしまったんだ……」

「な……」

琴音は口を動かしたが、驚きのあまり言葉が出てこなかった。琴音の手からフォークとナイフが滑り落ち、皿に当たって耳障りな音を立てた。

瑛一郎はテーブルを見つめたまま話を続ける。

「四年前、彼女に告白されて、『同じ部署だから付き合えない』って断ったことがあったんだ。そして二年前に人事部に異動になってから、また告白されたけど、そのときにはもう琴音と付き合っていた。そうして二度も断ったから、彼女は俺のことなんかもう忘れてると思ってたんだ。でも、数ヵ月前……」

瑛一郎は言葉を切って顔を上げた。蒼白い顔でワイングラスに手を伸ばし、ゴクリと飲んで続ける。

「何人かで飲みに行ったとき、彼女も来てて……『どうしても忘れられない』って言われて……お酒の勢いもあって……彼女と寝てしまった」

琴音は息をのんだ。

「嘘でしょ」

「嘘じゃない」

「じゃ、じゃあ、瑛一郎さんはホントにその人と……？」

琴音は震える声で訊いた。瑛一郎は黙って頷く。

「数ヵ月前っていつ？」

「え？」

「いつ……その人と……？」

「四ヵ月前、だ」

瑛一郎は小さな声で答えた。

「だったら、瑛一郎さんの子供じゃないかもしれないじゃない！」

琴音はすがるように彼を見た。四ヵ月前のたった一度の過ちなら、瑛一郎の子供ではない可能性もある。そう思ったが、彼は首を横に振った。

「彼女は一途に俺を想ってくれていたんだ」

「だから、たった一度で瑛一郎さんの子供を妊娠したって言うの⁉」

つい大きな声を出してしまったが、琴音には声を抑える余裕はなかった。瑛一郎はまた首を横に振る。

「一度じゃない」

「え？」

「彼女がかわいそうなくらい一途で一生懸命だったから……この四ヵ月、彼女とも付き合ってた」

「そんな……どうして……っ」

これはアルコールが見せている幻覚だ、幻聴だ。そう思い込もうとしたが、目の前の瑛一郎は沈痛な面持ちで、だが、きっぱりと言った。

「琴音のことは本当に好きだった。でも、こうなってしまった以上、自分の行動に責任を持ちたいんだ。俺は彼女と結婚する」

「そん、な」

琴音は言葉がうまく出てこず、必死で瑛一郎を見つめた。見つめれば、彼が『今までの話は全部冗談だよ』と言って笑ってくれそうな気がして、ただそれを願って彼を見た。

琴音の表情を見て、瑛一郎は悲しげに微笑む。

「ごめん。本当に申し訳ない。どうか別れてくれ」

「そんな、のって……」

「琴音の笑顔がなにより好きだったのに、琴音にこんな顔をさせてしまうなんて……」

瑛一郎はそっと右手を伸ばして、テーブルの上の琴音の手に触れようとしたが、思い直したように手をギュッと握って引っ込めた。

琴音の目に熱いものが込み上げてきて、視界がにじんだ。

「だ、だ、誰、なん、ですか」

「え？」

琴音はショックでまわらない舌を必死で動かす。

「誰なんですかっ、その人っ」

「それは……」

瑛一郎は視線を逸らし、「言えない」とぼそりと答えた。拒絶するように顔を背けられ、琴音の目から涙が溢れる。

「なんで……どうして……っ」

琴音はしゃくり上げそうになり、右の拳を口に当てた。指の関節を噛みしめ、嗚咽（おえつ）をこらえる。

「本当にすまない」

瑛一郎は喉から絞り出すようにして言葉を発した。

「う……っ、ひ……っく」

琴音は泣き声をのみ込もうと、グラスを掴んで残っていたワインをグイッとあおった。

さっきはおいしいと感じたワインが、喉に焼けるような痛みを残す。

「琴音」

瑛一郎が気遣うような声を出した。琴音は握ったグラスをテーブルに乱暴に置き、ワインボトルを掴んでなみなみと注いだ。

「こんなの……って、ない……」

唇を噛みしめ、グラスの脚を握りしめる。

「私と付き合っていることを会社で内緒にしてたのは、浮気するためだったの!?」

琴音の目から涙がポタポタと落ちて、白いテーブルクロスに染みを作った。

「そうじゃない。琴音のことは本当に好きだった」

「嘘つき」

「嘘じゃない、本当だ」

じゃあ、なんで浮気なんかしたの？　なんで二股かけたりしたの!?　そう叫び出しそうになり、琴音は必死で歯を食いしばった。肩で息をして、声を押し殺して言う。

「帰って」

「え？」

「もう帰って！」

これ以上彼と一緒にいたら、頭も心もどうにかなってしまいそうだ。琴音は涙を零しながら瑛一郎を睨んだ。

「琴音……」

瑛一郎は琴音をじっと見たが、やがて苦しそうに呟いた。

「ごめん」

そうしてポケットから財布を出し、一万円札と五千円札を一枚ずつ抜き出した。

「お会計は、これで……」

彼が立ち上がってジャケットを手に取った。そうしてゆっくりと背を向け、琴音から離れていく。体だけでなく心も。それも永遠に。

それを思うと叫び出したい。暴れ出したい。けれど、その代わりに琴音はグラスを一気に空けた。もうワインの味など全くわからなかった。グラスをテーブルに置くのと同時に、ウィンドチャイムの音が聞こえて、瑛一郎が店を出ていった。

（こんなことって……！）

心が引きちぎられたように痛くて苦しい。大声で泣きたくて、琴音は自分で自分の体を抱きしめながら立ち上がり、店の奥にあるトイレに駆け込んだ。

＊＊＊

　そこからの記憶がすっぽり抜けていた。いつの間にか頬を涙が伝っている。

　琴音は涙を拭い、刺すように痛むこめかみを指先で揉みながら、懸命に続きを思い出そうとした。

（トイレの床に座り込んで泣いたような……）

　そうだとしても、なぜこんな美女と同じベッドで寝ることになったのか。必死で記憶をたぐり寄せても、なにも思い出せない。

　この人を起こして教えてもらうしかないだろうか……。気持ちよく寝ているのを起こすのは忍びないが、ここがどこなのかわからない以上、目の前の美女に教えてもらう以外に手立てはない。

　琴音は女性のパジャマの肩に手を置いた。

「あのぅ……」

　声をかけながら軽く揺すると、女性はなにか呟くような声を漏らし、気怠(けだる)げに息を吐いた。艶やかな髪が頬にはらりとかかり、唇がかすかに動く。その様子が色っぽすぎて、琴音はドギマギしながらさらに声をかける。

「おやすみのところすみません」

　もう一度肩を揺すったら、女性が手を持ち上げ、鬱陶(うっとう)しそうに琴音の手を払った。そうして目を開ける。長いまつげに縁取られた瞳は、吸い込まれそうに黒くてきれいだ。

「あの……」

「なによ」

女性の形のいい唇から、この上なく不機嫌な声が零れ出た。琴音は反射的にベッドの上でピシッと正座をする。

「起こして申し訳ありません！　でも、あの、ここはどこですか？　私、どうしてあなたと一緒に寝ているんでしょう？」

「ああ、そう。覚えてないってわけね」

低い声で言われて、琴音は肩を縮込めた。

「ごめんなさい……」

女性はゆっくりと上体を起こして物憂げに長い髪をかき上げ、続いて大きく伸びをした。パジャマのとろんとした柔らかな生地のせいで、彼女の体の凹凸がはっきりわかり、琴音は顔を赤らめ視線を逸らした。

女性はまだ眠そうな顔で琴音を見た。

「イル・クオーレで食事をしていたことは覚えているでしょ？」

「はい」

「私もいたの」

女性に言われて、琴音は店内の様子を頭に思い浮かべた。カウンター席に残っていたカップルの女性は、長い黒髪をクリップでまとめていた。どうやらその女性が、この人だったようだ。

　女性は髪に手櫛をとおしながら言う。

「ここはイル・クオーレが入っているビルの四階の部屋」

「はい」

　琴音は神妙な顔で女性の説明の続きを待つ。

「あなたがいつまで経っても店のトイレから出てこないから、オーナーシェフが心配して声をかけたの。でも、何度呼びかけても返事がないから、外から鍵を外して、私がドアを開けた。そうしたらあなたは床で膝を抱えて眠りこけていて、呼んでも揺すってもどうしても起きないの。仕方がないからうちに泊めてあげたのよ」

「そ、そうだったんですか……」

　瑛一郎に別れを切り出されたショックで、ワインをがぶ飲みして店のトイレで爆睡していたなんて。しかもそんな琴音を、この見ず知らずの女性は親切にも部屋に泊めてくれたのだ。琴音は申し訳なさのあまり、シーツの上に両手をついて深々と頭を下げた。

「ご迷惑をおかけして、本当に申し訳ありませんでした」

「まあ、浮気されたあげくデキ婚されるんじゃあねぇ」

　ため息交じりの声が降ってきて、琴音は顔を上げた。目の前の女性は哀れむように琴音を見ている。

「しょせんはそういう男だったのよ。深入りする前にわかってよかったんじゃない？」

　あくびをしながら言われて、琴音はカチンときた。彼女は琴音と瑛一郎のことなど、なにも知らないのだ。琴音は二年間、彼と付き合って幸せだった。瑛一郎だってそうだったはずだ。彼がくれた笑顔や言葉が全部嘘だったとは思いたくない。少なくとも浮気するまでは本物だったはずだ。それを信じたいと思う気持ちのまま、琴音は口を開く。

「彼だって、きっと私と彼女の間で真剣に悩んだんですっ！」

琴音の潤んだ赤い目を見て、女性は小さく肩をすくめた。

「浮気男に感情移入してどうするのよ」

バカじゃないの、と言いたげな目で見られ、琴音は唇を引き結ぶ。

そんなことを言われても……自分はまだ瑛一郎のことが好きなのだ。かばいたくなったって、仕方ないのに。

目に熱いものがじわじわと込み上げてきて、俯いた。これ以上この女性に迷惑をかけまいと、下唇を噛みしめて涙をこらえる。

「コーヒーを淹れてくる」

女性はそう言ってベッドから下り、寝室から出ていった。開けっ放しになったダークブラウンのドアの向こうから、食器の触れ合う音が聞こえてくる。やがてコポコポとコーヒーの落ちる音がして、女性がドアから顔を覗かせた。

「砂糖とミルクは？」

思いっきり熱くて苦いコーヒーが飲みたい。

「ブラックでお願いします」

　琴音の返事を聞いて女性は顔を引っ込めた。やがて白いマグカップをふたつ持ってきて、ひとつを琴音に差し出す。

「どうぞ」

「ありがとうございます」

　琴音は両手で受け取り、そっとマグカップに口をつけた。熱く濃いコーヒーが喉を通り、ほんの少しだけ気持ちがおちついたような気がする。女性を見ると、ベッドに腰を下ろし、優雅な手つきでコーヒーを飲んでいた。琴音も彼女にならって、薫り高いコーヒーをゆっくり味わった。飲み終えて深く息を吐き出し、カップを膝の上に下ろす。

「あのぅ」

「なに？」

　女性はマグカップを下ろして琴音を見た。

「私、塚口琴音と言います。あなたのお名前を教えていただけますか？」

「瀬川珠希（せがわたまき）」

「瀬川さん、あの、泊めてくださってありがとうございました。後日改めてお礼とお詫びにうかがいます」

　琴音はベッドから降りて頭を下げた。

「律儀ね」

　珠希と名乗った女性はクスッと笑った。

「あの、では本日はこれで失礼いたします……」

珠希は琴音のマグカップを受け取り、ふたつのカップをベッドサイドテーブルに置いて立ち上がった。

(背、高っ)

珠希と目の位置が違って、琴音は目を丸くした。琴音は身長一五八センチだが、珠希のほうは一七〇センチくらいありそうだ。手足もスラリと長く、九頭身はあろうかという抜群のスタイルだ。

世の中にはこんなにきれいでスタイルのいい人もいるのだ。自分は平凡な容姿だったから、瑛一郎に振られたんだろうか。そんなことをふと思い、視界がじわりとにじむ。

これ以上、この見知らぬ人の部屋で泣いたら迷惑だ。琴音は自分を叱咤(しった)してどうにか涙をこらえた。珠希がクローゼットを開けて琴音のコートとバッグを取って差し出した。

「中身がちゃんとあるか確認して」

「あ、いえ、そんな」

泊めてもらったのに、なにか盗られていないか確認するなんて……。琴音は申し訳ない気持ちで首を横に振った。珠希が呆れたような声を出す。

「もし私が泥棒だったらどうするのよ」

「でも……もしそうなら、『確認して』なんて言わないと思いますから」

琴音はバッグを肩に、コートを腕にかけた。

「一理あるわね」

珠希がおかしそうに笑いながら続ける。

「玄関はあっち」

「あ、はい」

琴音は珠希に促されるまま、廊下を抜けて玄関に向かった。琴音が近づくと玄関のセンサーライトが点灯する。

琴音はパンプスを履いて珠希に向き直り、深々と頭を下げる。

「ご迷惑をおかけしました。本当にありがとうございました」

「男なんて世の中に掃いて捨てるほどいるし、あまり思い詰めないことね」

名前しか知らない美貌の女性に慰められ、琴音は複雑な表情で顔を上げた。そうしてもう一度礼を言って、珠希の部屋から出た。

ドアを閉めて左右を見ると、この階には珠希の部屋しかないらしく、共用廊下を左手に進めばエレベーターがあった。

このマンションのワンフロア全体が珠希の家のようだ。こんな広いところにひとりで住んでいるなんて、彼女はお金持ちなのだろうか、と思いながら、琴音はエレベーターに乗り込んだ。左手の腕時計は午前九時三十分を指している。

イル・クオーレはまだ開いていないだろうか。もし開いていたらオーナーシェフにも謝ろうと思い、一階に下りてマンションのエントランスから出た。すぐ右手にあるイル・クオーレのドアには、〝CLOSED〟と書かれたプレートがかかっている。誰かいないだろうかとノックしてドアに耳を近づけたが、店内からはなんの物音もしなかった。

入り口横にある看板を見ると、開店時間は〝ランチタイム：午前十一時～午後二時、ディナータイム：午後六時三十分～午後十時（ラストオーダー：午後九時三十分）〟と書かれている。

ここにも日を改めて来るしかなさそうだ。琴音は肩を落とし、トボトボと駅に向かった。

＊＊＊

翌月曜日、琴音は寝たのか寝ていないのかよくわからないような重たい頭で朝を迎えた。珠希には『男なんて世の中に掃いて捨てるほどいる』と言われたが、心から大切に想える人は〝掃いて捨てるほど〟いはしない。そしてそんな人を失ったショックから、たった二日で立ち直れるはずもない。

こんな日は、会社に行きたくないと、憂鬱（ゆううつ）な気分で思った。

食欲がないのでミルクココアだけ飲んで、重い足取りで電車に乗った。阪急電鉄の淡路（あわじ）駅で電車を乗り換え、地下鉄堺筋（さかいすじ）線の北浜（きたはま）駅で降りる。五分ほど歩けば、オフィス街の真ん中に七階建ての白っぽいビルが見えてきた。そのエントランスに入ろうとしているチャコールグレーのスーツ姿の男性を見つけて、琴音の視界が涙で曇った。

（瑛一郎さん……っ）

　一緒のエレベーターになったら気まずい、という思いと、こんなことになってもそばに行きたい、顔が見たい、声が聞きたい……という思いが交錯する。不自然に立ち止まることもできず、琴音はそのまま人の流れに乗って歩道を歩いた。

「塚口さん、おはよう」

　後ろから声をかけられ、琴音は瞬きを繰り返して涙を散らした。

「お、おはようございます」

　二年先輩で業務戦略部の高村美晴が琴音に並んだ。

「あれ、寝不足？」

　琴音の顔を見て美晴が言った。

「あ、はい、ちょっと……」

　美晴が心配そうに見るので、琴音は無理に笑顔を作った。

「悩み事？」

「いえ、そういうんじゃ」

　瑛一郎と付き合っていたことは秘密にする約束だったが、別れたことも内緒にしなければいけないのだろうか。琴音が悩んでいるうちに、美晴がおどけた口調で言う。

「夜更かしはダメだよ～。油断してるとそろそろ寝不足がお肌に出ちゃうぞ～」

　美晴が声を立てて笑い、琴音は「そうですよね～」と言って力なく笑った。そのまま美晴と並んで入り口の自動ドアから中に入る。

瑛一郎がもう上がっていますように……と琴音は心の中で祈ったが、願いは届かず、瑛一郎は数名の社員と一緒にエレベーターホールにいた。

「おはようございます、佐々木さん！」

美晴の明るい声を聞いて瑛一郎はにこやかな顔で振り向いたが、美晴の隣に琴音の姿を見つけると、表情が硬くなった。

「おはよう」

「おはようございます」

琴音は小さく会釈した。

「今日はまだ暖かいですけど、そろそろ厚手のコートを出さなきゃですね～」

美晴が気さくに瑛一郎に話しかけた。すぐにエレベーターが到着し、瑛一郎はほかの社員とともに乗り込む。琴音は次のエレベーターに乗ろうと思ったが、美晴に腕を摑まれた。

「大丈夫、乗れるよ。塚口さん細いから」

美晴にエレベーターに引っ張り込まれ、琴音は美晴と瑛一郎の間に挟まれてしまった。乗り込んできた人に押されて、琴音の肩が瑛一郎の腕に触れる。

「す……みません」

反射的に体を離したものの、ほんの少し触れ合った感触が忘れられない。スーツ越しではなく、直接温かい肌に触れたこともあったのに、と思うと、また視界がにじみそうになる。

総務部と人事部のある三階に到着し、琴音は瑛一郎のあとから降りた。エレベーターホールにほかの社員の姿はなく、しんとしている。琴音が、すん、と鼻を鳴らしたのを瑛一郎が聞き咎めた。

「そういう……誤解を招きそうなことはやめてほしい」

彼に低い声で言われて、目に涙が込み上げてきた。『やめてほしい』、と言われてやめられるのなら、こんなに苦しまない。

瑛一郎にとって、自分はそんなに軽い存在だったのだろうか。事実、そうだったのかもしれない。自分と付き合っていながら浮気ができて、その女性を妊娠させてしまえるくらいなのだから……。

そう思うと耐えきれなくなり、琴音は無言で身を翻して女子トイレに走った。


その日は午後七時に退社し、大阪の中心地・梅田に寄った。デパートの有名洋菓子店で焼き菓子の詰め合わせを二箱買い、また電車に乗って珠希のマンションに向かった。勤務時間中はひたすら仕事に集中して、恋が終わったことを思い出さないようにしていたが、ひとりで人混みを歩いていると、孤独が身に染みてくる。

瑛一郎が妊娠させた女性は、琴音が入社する前に商品開発部にいたということになる。人事資料にアクセスすれば、その女性が誰であるかがわかるだろうか。でも、総務部の琴音にその権限はないし、なによりそんな目的で情報を利用することは許されない。

瑛一郎はなにも教えてくれないので、琴音は全く納得できない。とはいえ、相手の女性が誰なのかわかったとしても、簡単に受け入れることはできないと思う。

自分だってずっと瑛一郎のことだけが好きだったのだ。それなのに『かわいそうなくらい一途で一生懸命』とはいったいどういうことだろう。

怒り、やるせなさ、悲しみ……さまざまな感情が込み上げてきて、琴音は下唇をきつく噛んだ。水無瀬駅で降りて、二日前には弾むように歩いた道を、今度は重い足取りで歩く。グリーンのサンシェードが見えてきて、近づくとドアに〝OPEN〟のプレートがかかっていた。

店のトイレで寝ていたなんて、あとにも先にも自分くらいだろう。どんな顔をして店に入ればいいかわからず、先に珠希の部屋に行くことにした。エントランス横の壁には〝HYMビル〟と彫られた真鍮(しんちゅう)のプレートが埋め込まれている。

自動ドアから中に入ったとき、大柄な男性がエレベーターを待っているのが見えた。がっしりした体格で、一八〇センチは優に超えている。ストライプのシャツに黒いスーツを着崩し、少し長めの髪はナチュラルというよりボサボサで、無精ひげも伸びていた。三十代半ばくらいだろうか。どことなく無骨な印象で、近寄りがたい。

琴音は次のエレベーターに乗ろうと静かに後ずさったが、その行動を不審に思ったのか、男性がサッと振り向いた。鋭い目で見据えられて琴音は足がすくむ。すると、彼は表情を緩めて「ああ」と声を上げた。

「イル・クオーレのトイレで爆睡してた子だな」

「えっ」

どうしてこの男性がそれを知っているのだろう、と思ったとき、彼が琴音に数歩近づいた。

「珠希に会いに来たんだろ？」

そこまで言われてようやく気づいた。カウンター席の珠希の隣に座っていた男性が、このくらいの体格だった。

琴音はおずおずと男性に近づき、深々と頭を下げた。

「一昨日は大変ご迷惑をおかけして、申し訳ありませんでした」

「あれはめったにない経験だったな」

男性がニヤリとするので、琴音は顔を赤らめた。自分がどんな顔や格好をしていたのか、想像するだけで恐ろしい。

そんな琴音の表情に気づいて、男性が笑いながら言う。

「大丈夫だって。外からトイレの鍵を外したのは俺だけど、ドアを開けたのは珠希だ。俺はなにも見ちゃいない」

「ホ、ホントにすみませんっ」

琴音はもう一度頭を下げた。男性は顎を撫でながら言う。

「気にしなくていい。ま、珠希に部屋を追い出されたのは寂しかったけどな」

「え？」

「さすがにキミが朝目覚めたとき、いくら珠希が一緒にいても、俺があの部屋にいたらびっくりするだろ？　だから俺は弟のところで寝たんだ」

　男性が言って笑った。

　ということは、この男性と珠希はあの部屋に一緒に住んでいるのだ。自分のせいでわざわざ弟のところに泊まりに行く羽目になっていたなんて……。

「も、申し訳ありませんっ。弟さんにもお詫びの言葉をお伝えください」

「いいって。で、今日またここに来たってことは、キミは珠希に用があるんだよな？」

「あ、はい」

「珠希なら仕事だ」

「じゃあ、お部屋にはいらっしゃいませんよね。いつ戻られるかわかりますか？」

　琴音が訊くと、男性は頭を傾けてエレベーターのほうを示した。

「三階に行けば会える」

「三階？」

「ああ」

　そのとき電子音が鳴って、エレベーターが到着した。

「乗って」

男性に促され、琴音はよくわからないまま一緒にエレベーターに乗り込んだ。すぐに三階に着き、降りた目の前に磨りガラスの自動ドアがあった。ドアの中央にはカッチリとした書体で、『エージェント・エス　あなたに必要な人、手配します！』と書かれている。

会社のようだが、いったいなんの会社なのだろう。珠希はここで働いているのだろうか。

琴音が男性を見ると、彼はドアのタッチスイッチに触れ、開いたドアから中に入って琴音を手招きした。琴音はおずおずと中に入った。すぐ前には無人の受付デスクが、左手にはパーティションで仕切られた給湯室がある。

「えーっと、珠希は……」

男性は呟きながら、奥にあるふたつのドアに視線を送った。左側のドアには〝応接室〟、右側のドアには〝事務室〟と書かれた四角いプレートが貼られていて、応接室のドアノブに〝使用中〟と赤字で書かれたプレートが下がっている。

男性はそれを見て頷き、琴音に向き直った。

「珠希は接客中だ。少しかかるかもしれないから、ここに座って待ってな」

男性が受付デスクの奥に行き、キャスターつきの椅子を引き出した。座るように手で示され、琴音は「失礼します」と言って椅子に腰を下ろした。トレンチコートを脱いでふたつに折り、菓子折の入った紙袋と一緒に膝の上に載せる。

「お茶でも出すか……」

男性が呟くように言って、パーティションの向こうにまわろうとするので、琴音は慌てて立ち上がった。

「あのっ、どうぞお構いなくっ！」

「そうか？　お茶ぐらいならたいしたお構いじゃないが」

男性が振り向き、片手を腰に当てた。

「いえ、本当にお構いなく！」

迷惑をかけたお詫びに来たのだから、お茶を出してもらうなんてとんでもない。

男性は琴音のほうに戻ってきたが、ふとスーツの胸ポケットに手を入れ、革製の名刺入れを取り出した。一枚引き抜いて琴音に差し出す。

「まだ名乗ってなかったな。エージェント・エスの所長の葉山凌太（はやまりょうた）です」

「あ、私、株式会社ＯＳＫ食品総務部の塚口琴音と申します」

琴音も慌ててハンドバッグから自分の名刺入れを取り出し、一枚抜いて交換する。

「ちょうだいいたします」

琴音が受け取った名刺には、彼が言ったとおり〝エージェント・エス所長　葉山凌太〟と印字されていた。

凌太が琴音の名刺を見て言う。

「ああ、あの冷凍パスタの会社か」

「ＣＭをしている冷凍パスタも有名ですけど、デパ地下にもお総菜の店を出しているんですよ」

「へぇ」

「あの、瀬川さんもこちらにお勤めなんですか？」

琴音の問いを聞いて、凌太は琴音の名刺を自分の名刺入れに入れて答える。

「珠希は副所長。俺がスカウトしたんだ。あんなに美人で頭の切れる女性はほかにいないからな」

そのとき、ガチャリと音がして応接室のドアが開いた。細身の黒いパンツスーツ姿の珠希がドアを押さえ、五十代後半くらいの女性が出てきた。上品なベージュのスーツを着ているが、表情には疲労感がにじんでいる。

「では、よろしくお願いしますね」

女性は珠希に頭を下げ、自動ドアに向かって歩きはじめた。受付デスクに顔を向けて琴音に会釈しかけ、ハッと息をのんだ。そしてまじまじと琴音を見つめる。

どこか変なところがあるのだろうか？　琴音はドギマギしながら自分のネイビーのスーツを見下ろした。しわは寄っていないし、糸くずや埃もついていない。琴音がそんなことをしている間に、女性は珠希に向き直って必死な面持ちで口を開いた。

「申し訳ないけれど、さっきスタッフ一覧から選んだ女性ではなく、こちらの方を派遣していただけませんか？」

女性が手で示しているのは、ほかならぬ琴音だ。

琴音は驚いて珠希を見た。珠希は目を細めて琴音を見たが、次の瞬間、つかつかと琴音に歩み寄った。

「あなたは応接室で待ってて」

琴音の耳に囁き、琴音の体を九十度回転させた。

「えっ」

琴音は状況が全くのみ込めないまま、珠希に背中を押され、半ば強引に応接室に押し込まれる。

「あのっ」

振り返った目の前でドアがバタンと閉じられ、琴音はぱちくりと瞬きをした。

いったいどういうことなのか。全く事情が摑めない。とはいえ、恩人である珠希に言われたのだから、大人しく待つしかない。

琴音は諦めて部屋を見まわした。磨りガラスの窓を背にして重厚なデスクがひとつ置かれている。部屋の真ん中にはおちついたブラウンの革張りのソファが、ローテーブルを挟んで向き合うように設置されていた。

ふと左側の壁に風景写真がかかっているのに気づいて近づいた。どこかの海岸の風景を撮ったものらしく、長く続く白い砂浜と青い空、それに空を映した碧い海のコントラストが美しい。一瞬にして目を奪われるのは、アングルのせいだろうか。

鑑賞しているうちにノックの音がして、ドアが開いた。振り返ると珠希が立っている。

「座って」

珠希に示され、琴音はふたりがけのソファに腰を下ろした。隣に珠希が座る。

「私がこのエージェント・エスの副所長だって話は、もう凌太に聞いたわよね？」

「はい」

琴音は珠希の決然とした口調に気圧（けお）されながら頷いた。

「うちはお客様が必要とする人材の代理・代行をするサービスを提供しているの」

「人材派遣会社……ってことですか？」

「世間一般でいう人材派遣会社とは違うわ」

「はあ」

なぜ珠希が業務内容の説明をはじめたのかわからず、琴音は生返事をした。

「必要に応じて秘書の代行をすることもあれば、家事代行サービスを提供することもある。でも、うちが主に代行するのは、家族や友人、恋人なの」

琴音は首を傾げた。家族や友人、恋人を代行するとは、いったいどういうことだろうか。

琴音の頭の中を読んだかのように、珠希が説明を続ける。

「たとえば、さっきの上品な感じの女性。彼女も依頼人なんだけど、三年前に死んだ自分の次女を派遣してほしいと、うちに来たの」

琴音の顔色が変わったのを見て、珠希がため息をついた。

「あなた今、失礼な想像をしてるわよね？　最近は同業他社も増えているんだけど……レンタル家族って言えばわかる？」

珠希に訊かれて、琴音は「あ」と声を上げた。

いつだったかテレビ番組で取り上げられていたのを思い出した。勘当されて会えない親の代わりに結婚式に出席したりする、家族の代理・代行を行うサービス会社があるらしい。

このエージェント・エスもそういう会社なのだろうか。問いかけるような琴音の視線を受け止めて、珠希が口を開く。

「依頼人の水谷響子さんには花恵さんって八十九歳のお母さんがいて、特別養護老人ホームに入所してるの。寝たきりで認知症なんですって。響子さんの次女、つまり孫娘が死んだことを忘れていて、響子さんがお見舞いに行くたびに、可愛がっていたのにどうして来てくれないのって悲しむんだそうよ」

琴音が十三歳のときに死んだ曾祖母も、晩年は認知症だった。食事をしたことを忘れて、食後すぐに『お腹空いたわぁ』と言ったり、突然、『おじいちゃんはどこ行ったん？』と言って、三年前に他界した夫を捜したりすることがあった。そのときの様子は、子供ながら見ていて胸が痛かった。

珠希が話を続ける。

「響子さんは最初のうちは事故で死んだことを正直に話していたそうだけど、花恵さんは孫娘の死を嘆いたかと思うと、五分もしないうちに忘れてまた会いたがるの。響子さんは自分の娘が死んだことを何度も話すのがつらくなったのと、孫娘に会いたがる花恵さんの気持ちに応えてあげたいのとで、自分の次女になってくれる人材を探しにきたってわけ」

「そういうことだったんですか」

　エージェント・エスの業務についてはわかったけれど、それがいったい自分になんの関係があるのだろう。琴音がそう思ったとき、珠希が驚くことを言った。

「あなたにその次女になってほしいの」

「はい!?」

　琴音は思わず大きな声を上げたが、珠希は淡々と説明を続ける。

「響子さんにはうちのスタッフ一覧から、次女の代行をしてほしい女性を選んでもらったんだけど、あなたを見たとたん、すみれさんと——あ、すみれさんって響子さんの次女の名前ね——そっくりだって驚いたそうよ。受付のところにいたから、あなたもうちのスタッフだと思ったみたい」

「わ、私が本当はスタッフじゃないってちゃんと説明してくれたんですよねっ!?」

「そんなことするわけないじゃない。あなたを代行スタッフとして手配しますって響子さんと約束したわ」

「嘘でしょーっ」

　琴音が大声を出し、珠希はうるさそうに顔をしかめた。

「耳元で怒鳴らないでよ」

「怒鳴りたくもなりますよ、そんな勝手にっ」

　琴音は前のめりになって抗議した。

「そんなに騒ぐことじゃないでしょ。お見舞いに行くって言ったって数時間だけの話よ。その間、すみれさんになりきればいいだけなんだから」

「そういう問題じゃ――」

ありません、という琴音の言葉を遮(さえぎ)って、珠希が言う。

「あなた、私の話を聞いてなんとかしてあげたいって思わなかったの?」

珠希がじーっと琴音を見た。きれいな瞳で責めるように見つめられ、琴音は言葉に詰まって視線を落とした。脳裏に、『おじいちゃんは死んだのよ』と教えられたときの曾祖母の顔が蘇る。

『え、おじいちゃん、死んでしもたん?』

愕然として子供のようにポロポロと涙を零した。その姿は今思い出しても涙を誘われる。あのとき、できることなら会わせてあげたいと思った。だから、花恵に孫娘に会わせてあげたいという響子の気持ちもわかる。だが、それは死んだ孫娘のフリをすることで花恵に嘘をつくということ、花恵を騙すということだ。

嘘をつけば、二股をかけていた瑛一郎と同じになってしまうのではないか。

瑛一郎は一昨日別れを切り出すまでの四ヵ月間、『琴音のそばが一番安らげる』などと言いながら、別の女性とも付き合っていたのだ。その女性にだって同じことを言っていたかもしれない。

それを思うと、どうしても引き受ける気になれなかった。琴音は顔を上げてきっぱりと言う。

「響子さんって方の気持ちはわかりますが、私、嘘はつきたくないんです。それになにより、副業は会社で禁じられています」

珠希は気怠げに長い脚を組んで琴音を見た。

「あのね、誰も報酬を出すなんて言ってないわ。酔ったあなたの面倒を見て泊めてあげた恩を返してって言ってるの」

「えぇぇっ」

琴音は目を丸くして珠希を見た。彼女の表情は冷静なまま変わらない。

恩着せがましい言い方だったが、店のトイレで酔って寝ている見ず知らずの琴音を介抱してくれたのはたしかだ。返答に困る琴音に、珠希は追い打ちをかけるように言う。

「だいたい、あなた、自分がどんな迷惑をかけたかわかってるの？　いくら声をかけても揺すっても起きないから、オーナーシェフに頼んであなたを部屋まで抱いて運んでもらって――」

「えーっ！」

琴音は絶叫した。自分は、あのシェフに抱いて運んでもらったのか!?

たしかに誰かに運んでもらわなければいけない状態だったとはいえ、そんな迷惑までかけていたのか、と全身から血の気が引いた。

「私があなたを泊めることにしなければ、彼はとっても困ったと思うのよねぇ。いったいどうするつもりだったのかしら。店の外に放り出すような人じゃないし、警察でも呼んでたのかなぁ……」

珠希にチラリと視線を投げられ、琴音は目をむいた。

「け、警察!?」

「だって、ほかにどうしようもないでしょ」

珠希が冷ややかな声で言い、琴音は両手で顔を覆った。自分が嫌すぎて、消えてなくなりたいくらい恥ずかしい。

「大事(おおごと)にならなくて、ホントによかったわよねぇ」

珠希に言われて、琴音はゴクリと喉を鳴らす。たしかにそのとおりだ。珠希が泊めてくれなかったらどうなっていたか……。想像するのも恐ろしい。

琴音はゆっくりと顔を上げた。

「せ、瀬川さんたちには本当に感謝しています」

「じゃあ、引き受けてくれるのね?」

珠希の口の端に笑みが浮かんだのを見て、琴音は急いで言う。

「は、はい。でも、一回だけっ、一回だけって約束してください!」

「いいわ、わかった。詳細を説明するから事務室に来て」

珠希がさっと立ち上がり、琴音は頭を抱えたい衝動に駆られながら、重い腰を上げたのだった。

＊＊＊

珠希と打ち合わせたあと、琴音は菓子折を渡してエージェント・エスを出た。エレベーターの下りボタンを押しながら、何度目かわからないため息をつく。

すでに外堀が埋められていたのだろう。珠希と響子の間では、正式な派遣日が今週の土曜日ととっくに決まっていた。珠希は琴音が引き受けると確信していたのだ。

珠希の思惑どおりになってしまったけれど……仕方がない。

結局のところ、引き受けると決めたのは琴音自身だ。

親子という設定のため、事前に響子との打ち合わせが必要で、改めて珠希が日程を調整し、電話をかけてくることになっている。

水谷響子、五十八歳。その次女のすみれは享年二十六歳。誕生日が来たら、琴音はすみれと同い年になる。

そう考えると、意識したことすらなかった〝死〟を身近に感じてしまい、琴音は身震いした。

迷惑をかけたお詫びとはいえ、他人の――それも死んだ人の――フリをするなんて。なんだかとんでもないことになってしまった……。

到着したエレベーターで一階に降り、エントランスから出てイル・クオーレに向かった。

二日前はあんなにワクワクしながらドアを開けたのに、と思うと胸が潰れそうだ。目に熱いものが浮かび、琴音は気を紛らわせようとマンションを見上げた。

二階にはソフトウェア開発会社が入っているらしく、小さな看板が出ていた。その上がエージェント・エスで、窓ガラスに明るいオレンジ色のカッティングシートで社名が貼られている。そのさらに上は賃貸マンションになっていて、四階と五階には大きなバルコニーがひとつずつあるが、六階と七階はバルコニーが四つに区切られていた。

視線をイル・クオーレのドアに戻した。意を決し、深呼吸してドアを開ける。

二日前と同じ、ウィンドチャイムの音が軽やかに鳴った。カウンター席には女性客がふたり座っていて、オーナーシェフがカウンター越しにパスタの皿をふたりの前に置いたところだった。

「いらっしゃいませ」

彼は顔を上げて琴音だと気づき、「こんばんは」と付け加えた。

「こ、こんばんは。私……」

琴音は菓子折の入った紙袋を両手に持ったが、オーナーシェフは視線を手元に落とし、牛肉を肉叩きで伸ばしはじめた。手際よく叩きながら、琴音に視線を送る。

「何名様ですか？」

「あ、ひ、ひとりです。でも、あの」

琴音は食事に来たのではないことを伝えたかったが、彼のほうは忙しそうだ。片手でフライパンにオリーブオイルを注ぎながら、もう片方の手で牛肉に小麦粉をつけ、溶き卵にくぐらせている。

「お好きな席にどうぞ」

彼が言いながら、衣をつけた肉をフライパンに入れた。ジュッと小気味いい音が上がって、芳ばしいチーズの香りが漂ってくる。あまりにいい匂いで、琴音は二日ぶりにはっきりとした空腹を覚えた。

腕時計を見たら、いつの間にか午後九時近い。

迷惑をかけたのに、また食事をさせてくれるようだから、遠慮なくなにか食べさせてもらおう。

お詫びをするのは店が終わる頃にしようと決めた。カップルで埋まったテーブル席に背を向け、入り口から一番遠いカウンター席に腰を下ろした。コートを脱いで、バッグと紙袋とともに、カウンターの下にあるカゴに入れる。

なににしようかと、周囲をきょろきょろと見まわす。黒板に書かれているメニューは二日前と変わっていた。

(今日はパスタだけにしよう)

エビのトマトクリームソースに惹かれて注文を決め、オーナーシェフを見た。視線に気づいて、彼がトングとフライパンを持ったまま琴音を見る。

「お決まりですか？」

「はい。あの、〝エビのトマトクリームソース・タリアテッレ〟をお願いします」

「かしこまりました」

彼はすぐに目線を手元のフライパンに落とし、カツレツをひっくり返した。こんがりときれいな黄金色が見え、二日前に食べた料理を思い出し、琴音は涙の予感がして鼻の奥がつんと痛んだ。あのときの記憶にのみ込まれそうだ。

（やだな）

だが、そう思ったとき、彼はフライパンの脂を捨てて、モッツァレラチーズをちぎりながらカツレツに載せた。

どうやら違う料理らしい。そして蓋をして火を弱める。

オーナーシェフは沸騰した湯の中に分量のタリアテッレを入れたあと、グラスに水を注いで琴音の前に置いた。

「今からソースを作るので、少しお時間いただきます」

「あ、はい」

ひとりで店をやっているのだから、時間がかかるのは仕方ない。

琴音はカウンターに両肘をついて顎を支えながら、オーナーシェフが料理するのを見守った。彼は空のフライパンにバターとオリーブオイル、ニンニクを入れて弱火で温めはじめた。ニンニクの香りが立ってきたところで、下ごしらえ済みのエビをフライパンに入れる。そうかと思えば、先ほどのカツレツの蓋を開け、チーズが溶けたのを確認して料理を皿に移した。フレッシュなルッコラとトマトを添え、カウンターをまわってテーブル席に運ぶ。見事な手際のよさだ。

「お待たせしました。〝カツレツのモッツァレラチーズ載せ〟です」

給仕してすぐに戻ってくると、フライパンに白ワインを加え、トングでエビを取り出した。代わりにマッシュルームとトマトソースを加える。キリッとした目元と引き結ばれた唇が示すとおり、真剣な表情でテキパキと作業をしている。

ふと気づくと、カウンター席の女性ふたりがうっとりと彼を見ていた。たしかにかっこいい。見とれてしまうのも当然だろう。

琴音がフライパンに視線を移したときには、ソースには生クリームが加えられていて、いい感じにとろりと煮詰まっていた。オーナーシェフはスプーンで少しすくって味を見る。一度頷き、フライパンにエビを戻し入れて、茹で上がったタリアテッレと絡めた。それを白い丸皿に形よく盛って、フレッシュなイタリアンパセリを散らし、琴音の前に置く。

「おまたせしました。〝エビのトマトクリームソース・タリアテッレ〟です」

「ありがとうございます」

手を合わせて〝いただきます〟と心の中で呟き、カウンター上のラタンのカトラリーケースからフォークとスプーンを取り出した。フォークにパスタを巻きつけて口に入れる。濃厚なソースが幅広のパスタにほどよく絡み、エビとトマトとクリームのうま味が複雑に濃縮されていて、ペコペコのお腹とささくれた心にじんわりと染み込んできた。

「おいしい」

思わず声に出してしまい、琴音はフォークを持った手で口元を押さえた。

こういう店でおひとり様をするなんて、今までは想像できなかったけれど、こんな料理が食べられるのなら、またひとりで来てもいいかもしれない。

次はエビを口に運んだ。火を通す時間を最小限に抑えているからか、エビのぷりっとした食感が十分に残っている。

この近くで働いていたら、週に二回くらいは通ってしまうだろうか。もちろん琴音の場合は、オーナーシェフではなくて料理目当てではあるけれど。

含み笑いをしながらカウンターの女性客に視線を送ると、彼女たちは給仕されたデザートのティラミスとオーナーシェフの顔を嬉しそうに交互に見ている。

珠希もオーナーシェフ目当てだったりして……。ふたりが並んだら美男美女でお似合いだろう。そう思って、自分の間違いに気づいた。珠希はあのいかつい所長の凌太と一緒に住んでいるのだ。

あのふたりじゃ美女と野獣だ、などと余計なお世話なことを思いながら食べているうちに、カウンター席の女性客が帰り、テーブル席のカップルもひと組店を出た。新規の客が来店する様子もなく、琴音はもうひと組のカップルが帰るのを待つことにした。その間デザートでも食べようと、黒板を見る。

〝レモンのジェラート〟というデザートに目が留まった。きっとおいしいに違いない。味を想像したら口の中に唾が湧いてきた。

「すみません」

カウンターの向こうに声をかけると、オーナーシェフは食器を洗っていた手を止めて、顔を上げた。

「はい」

「〝レモンのジェラート〟をお願いします」

「かしこまりました」

オーナーシェフが手を拭いて、冷凍庫からプラスティック製の四角い容器を取り出した。冷やしていたガラスの器に、淡いクリーム色のジェラートをすくって盛りつけ、ミントを飾る。

「お待たせしました」

デザートも手作りであることに感心しながら、琴音は添えられていたデザートスプーンでジェラートをすくって口に運んだ。舌の上に載せたとたん、爽やかな冷たさが口中に広がる。

（うわあっ。なにこれ！）

なんとも言えない甘みと酸味のバランスに、琴音は目を見開いた。店によっては酸味を抑えるためか、逆に甘すぎてがっかりすることもあるのだが、これはレモンの果汁の味がしっかりと感じられ、後口もさっぱりしている。すごくおいしい。

失恋も珠希に押しつけられた仕事も全て忘れて、琴音はただ甘酸っぱいジェラートを味わった。

食べ終えて幸せな気分に浸っているうちに、残っていたカップルが会計を終えて店を出た。

そのとき、琴音は自分が今日この店に来ることになった、肝心の用事を思い出した。

琴音は姿勢を正して小さく咳払いをした。

「あのぅ」

「お会計ですか？」

「あ、はい。あの、土曜日の分も合わせて請求してください」

「わかりました」

オーナーシェフはカウンターの内側に置かれた小型のレジスターを操作して琴音の伝票を作り、革製のホルダーに挟んで琴音の手元に置いた。琴音はバッグから財布を取り出し、クレジットカードを抜き出して伝票ホルダーに挟む。

「お預かりします」

彼がカードをレジに読み取らせている間に、琴音はカウンター下のカゴからコートと紙袋を取り出した。彼が会計処理を終えて戻ってきたのを見て、椅子から下りる。

オーナーシェフが伝票ホルダーを差し出した。

「ありがとうございました」

「こちらこそ。とてもおいしかったです」

「また食べに来てくれて嬉しいです」

彼が言って、かすかに口角を上げた。彼の笑みらしいものを見たのはこれが初めてだ。

琴音は伝票とカードを財布に入れて、紙袋を両手で持った。

「土曜日の夜はたいへんご迷惑をおかけして、申し訳ございませんでした。あの、つまらないものですが、お詫びとしてお納めください」

頭を下げて紙袋を差し出した。だが、数秒待っても反応がないので、琴音は怪訝に思って顔を上げる。目の前ではオーナーシェフが困った顔をしていた。

「いや……俺はたいしたことはしてないから」

「でも、私、すごくご迷惑をおかけしたと思うんです。トイレの鍵だって、壊さないと開けられなかったんじゃないですか？」

「いいや。マイナスドライバーを使えば外から開けられるタイプだから、大丈夫ですよ」

「でも、私を……抱っ……こして……」

琴音は恥ずかしくなって言葉を濁し、紙袋をさらに差し出した。だが、彼は受け取ろうとせず、胸の前で小さく両手を挙げた。

「俺は迷惑をかけられたとは思ってません。だから、気にしないでください」

彼はそう言ってくれたが、店のトイレで爆睡する客が迷惑でないはずはない。

「でも、それじゃ私の気が済まないんです」

琴音は言ったが、彼は首を横に振った。

「じゃあ、また食べに来て食事を楽しんでください。そうしてもらえたら俺も嬉しい」

「ホントに……それでいいんですか？」

琴音が窺うように上目遣いで見ると、彼はしっかりと頷いた。

「もちろんです。うちの店でいい思い出を作ってほしいから」

彼のその言葉に、琴音は胸が熱くなるのを感じた。

（なんて優しいことを言う人なんだろう……）

琴音は紙袋を持っていた手を下ろした。もう一度深く頭を下げてお詫びの言葉を述べる。

「本当に申し訳ありませんでした」

顔を上げたとき、彼のまっすぐな視線とぶつかった。食い入るように見つめられて、琴音はソースでもついているのかと手で口元を触った。彼はハッとしたように視線を逸らし、小さく首を横に振って琴音のためにドアを開けた。

「ありがとうございました。ぜひまた来てください」

「あ、はい」

琴音は会釈して店を出た。外の空気はひんやりしていたが、それがなんだか心地よかった。

オーナーシェフにはかなりの迷惑をかけたはずだ。それなのに、『また食べに来て食事を楽しんでください』と言ってくれたことが嬉しかった。

そんなふうに言われると、また行ってみたいと思う一方で、やっぱりしばらくは無理だと自分を戒める。

瑛一郎と座ったテーブル席のほうは、まだ生々しい痛みを覚えて、見ることができなかったのだ。

せっかくいい気分になったのだから、今日はいい気分のまま帰ろう。そう思い直して歩きはじめる。

ほどなくして駅が見えてきたとき、バッグの中でスマホが震える音がした。取り出して画面を見ると、数時間前に番号を交換したばかりの珠希の名前が表示されている。

琴音は通話ボタンをタップした。

「もしもし、塚口です」

『私』

珠希の張りのある澄んだ声が聞こえてきた。名乗らなくてもわかるでしょ、と言いたげな珠希らしい口調に、琴音は小さく苦笑する。

『響子さんと連絡を取ったわ。今週の金曜日に打ち合わせをしたいって』

自分が響子に次女として派遣されることになっていたのを思い出し、琴音の全身に緊張が走った。

「金曜日、ですか」

『時間は午後七時半よ。間に合うわよね？』

その時間なら、六時半までに退社すれば間に合うはずだ。

「はい、大丈夫です」

『じゃ、決まりね』

珠希が電話を切ろうとするのを感じて、琴音は慌てて言葉を発した。

「あのっ！」

『なに？』

「わ、私なんかに……本当にすみれさんの代役が務まるんでしょうか？」

『今さらなに言ってるのよ』

通話口から珠希の厳しい声が聞こえてきて、琴音は肩を落とした。引き受けざるを得ない状況だったとはいえ、自分でやると決めたのだから。

「そう、ですよね……」

『〝大丈夫〟なんて言葉は簡単には言わない。依頼人が必要とする人材になりきるには、それなりの覚悟と演技力が必要だから』

「覚悟と演技力……」

そのどちらにも自信がない。

『演技力の点ではあなたに期待はしてない』

「それなのに、どうして私なんか……」

琴音は不満をもらした。

『依頼人が必要としたからよ』

「私を？」

『そう。ほかの誰でもないあなたを』

珠希の言葉を聞いて、琴音は胸にポッと温かなものが灯るのを感じた。

――私を必要としてくれている人がいる……。

珠希は言葉を続ける。

『花恵さんのこと、響子さんのこと、そしてすみれさんのことをよく考えて想像して。自分がすみれさんならどう感じるか、なにを思うか、どうするか……』

「は、い……」

『外見が似てるってことは大きなメリットよ。あとはメイクや服装で完璧に近づける。響子さんのご家族も協力してくれるわ。一度引き受けたからには迷いなんか捨てて覚悟を決めなさい』

背中を叩くような力強い声で言われて、琴音は今度ははっきりした声で「はい」と返事をした。

☑ Case01 依頼人は亡き娘が必要 水谷響子の場合

瑛一郎と付き合っていることは社内では秘密だった上に、いつも彼との予定を優先してきたため、琴音には胸のうちを打ち明けられる相手がまわりにいなかった。会社で瑛一郎を見かけても、感情が零れないように心に硬く蓋をして、普段どおり笑って過ごした。

打ち合わせ当日の金曜日、琴音は午後六時二十分に退社した。エージェント・エスには地下鉄とJRを乗り継いで一時間弱で到着する。

「こんにちは……」

自動ドアから遠慮がちに中に入ると、受付の椅子に、ライトグレーのスーツを着た三十歳ぐらいの女性が座っていた。琴音を見てにっこり微笑む。

「こんにちは」

受付担当者はちゃんといるんだ、と思いながら、琴音は名乗る。

「塚口琴音と言います。打ち合わせのために来ました」

「塚口さんですね。先方さん、ずいぶん前からいらしてますよ。こちらへどうぞ」

受付の女性が立ち上がって、琴音を応接室へと案内する。琴音は腕時計をチラリと見た。

約束の時間までまだ十分あったが、依頼人を待たせてしまった。申し訳ない気持ちになりながら、開けられたドアに近づく。

「失礼します、塚口です」

琴音が中に入ったとたん、響子がソファからパッと立ち上がった。切なげな表情で右手を口元に当て、琴音をじいっと見る。琴音が戸惑っていると、珠希が立ち上がって琴音を無言で手招きした。

「お、お待たせして申し訳ありません」

琴音は珠希と響子に近づき、頭を下げた。響子は数回瞬きをして、口元から手を下ろす。

「塚口琴音さん、とおっしゃるのよね」

響子に見つめられて、琴音は小声で「はい」と返事をした。

「死んだ娘の代わりなんて嫌かもしれませんが、どうしてもあなたにお願いしたくて……」

「そんなに私、すみれさんと似てますか？」

響子は淡く微笑み、ソファに腰を下ろした。

「写真を持ってきたんです」

琴音は珠希に促されて響子の隣に座った。響子はベージュのハンドバッグから薄いアルバムを取り出す。

「大人になるとあまり写真を撮る機会ってないでしょう？　これは長女のさくらの結婚式で撮ったもので、三年以上前のものなんですけど……」

響子はアルバムを広げた。

「このペールブルーのワンピースを着ているのが、すみれです」

そう言って指差したのは、ウェディングドレス姿の花嫁の後ろに立っている女性だ。清楚なワンピースを着ていて、緩めのアーチを描く眉と幅の狭い二重まぶたに、少し低めの鼻。力の抜けた口元がおっとりしていて優しそうな印象だ。

「初めてお会いしたときは、雰囲気が似てると思ったんですけど……こうして見ると目と鼻もよく似てる……」

響子が震える声で言った。

琴音としてはそんなふうに言われるほど似ているとは思わなかったが、目の前の響子は目を潤ませている。

「一番新しいのは……すみれがSNSに上げていた写真なんですけど……」

響子がスマホを操作して、一枚の写真を出した。白いブラウスにチャコールグレーのスーツを着た姿だ。

「職場の同僚が退職するときに、一緒に食事に行ったときのものだそうです。この二週間後に、娘は事故で……」

すみれはチェーン展開しているイタリアンレストランの本社で経理を担当していたが、取引先から車で戻る途中、追突事故に巻き込まれて死んだのだ、と響子が涙声で説明した。スマホの中で微笑むすみれの姿を見ながら響子の話を聞いているうちに、琴音の目にも涙が浮かんできた。

私と同じ、二十六歳で死んでしまうとは……。すみれにはきっとまだやりたいことがいっぱいあったはずだ。自分はまだ死にたくない。読みたい本も、行きたいところも、したいこともたくさんある。親孝行だって満足にしていないのに……。

「お気の毒です」

珠希が低い声で言い、琴音はハンカチを出して目元を押さえた。

「あの子は……毎日一生懸命働いて、近くで暮らす祖母――私の母ですけど――にも月に一度は会いに行って……。いつも穏やかに笑っているような優しい子だったのに、どうして私より先に……」

響子が言葉に詰まり、琴音は思わず響子の両手を握った。だが、どんなふうに声をかけたらいいのかわからない。

「ごめんなさいね」

響子は大きく息を吐いて、かすかに笑みを浮かべた。

「私がこんなんじゃダメよね。しっかりしないと。ええと、すみれのことをお話ししないといけませんね。あの子は……紺とかグレーとか、おちついた色味の服が好きで……あまり手の込んだメイクはしませんでした。ほかにお伝えすることはあるかしら」

響子は琴音を見てから珠希に視線を向けた。

「口癖とか、よくする仕草などはありましたか？」

珠希が訊いた。

「いえ……特には。あまり口数の多い子じゃなかったから……」

珠希は、質問を促すように琴音を見た。琴音はおずおずと口を開く。

「すみれさんは花恵さんと会ったとき、いつもどんな話をしていたんですか？」

「あの子は、親の私が言うのもなんですけど、すごく聞き上手で。母を訪ねても、自分は近況を少し話して、あとは母の話を聞くことのほうが多かったようです。あの頃は母もコミュニティカフェに行ったりして元気でしたから……」

響子は視線を膝の上に落として言う。

「母はすみれが死んでしばらくして、脚を骨折したんです。それ以来寝たきりになってしまって、今度は認知症まで出てきて……。新しいことから忘れていくって本当なんですね。すみれはおばあちゃんっ子だったから、すみれが死んだってわからないほうが幸せなのかもしれないですけど……」

響子は寂しげに微笑んだ。

「お話しすべきことはこのくらいでしょうか」

響子の声が名残惜しげに聞こえて、琴音は思わず口を開く。

「あの、お食事は済まされましたか？」

「いいえ。どうして？」

「もしよろしければ、食事をしながらもう少しお話を聞かせていただけませんか？」

そうすれば響子との距離が縮まって、より母娘らしくなれるかもしれない、と思ったのだ。

「ここの一階にあるイル・クオーレっていうイタリアンレストランはどうでしょう？　二回行きましたが、すごくおいしかったです」

　響子は苦しげに眉を寄せて、視線をローテーブルに落とした。

「いいえ、そこは……」

　響子が言葉を濁し、琴音は首を傾げた。

　すみれが働いていたから、イタリアンが好きかと思ったのだが、勘違いだったのだろうか。

「瀬川さん、この辺に和食のいいお店、ありますか？」

　琴音は珠希を見たが、彼女は小さく肩をすくめるだけだった。

「見てのとおりこの辺りは住宅街で、気の利いた店はないわね。駅前に行けば昔からある定食屋とかラーメン屋があるけど」

「そうですか……」

　琴音はがっかりして肩を落とした。響子が気を取り直したように言う。

「母も疲れやすくて最近は長居をしないんです。私も長女もフォローしますので、大丈夫だと思います。明日は三時にＪＲ山科（やましな）駅に来てください。施設まで車で十五分ほどかかりますので、長女の車で一緒に行きましょう」

「わかりました」

「ほかに訊いておきたいことはある？」

珠希に訊かれて、琴音は首を横に振った。

「では、これで打ち合わせは終了です。こちらの塚口が責任を持って承りました」

「よろしくお願いいたします」

響子は座ったままお辞儀をした。珠希が立ち上がってドアを開ける。

「出口までお送りします」

「ありがとう」

響子が立ち上がり、琴音も彼女を送るべくソファから立った。

＊＊＊

土曜日、琴音は白いブラウスにネイビーのプリーツスカート、ライトグレーのジャケットを合わせた。すみれのSNSの写真を参考に、ナチュラルなメイクをして肌馴染みのいいピンクベージュの口紅を塗る。

写真でしか知らない他人のフリをするなんて、やはり罪悪感を覚えてしまうし、花恵に気づかれないか不安でもある。

そんな気持ちのままバスと電車を使って、約一時間で花恵が入所している特別養護老人ホーム〝ことぶき庵〟の最寄り駅に到着した。山科駅は京都駅の一駅隣だけあって、周辺には寺社仏閣が数多くある。

琴音が自動改札機から駅舎を出たのは、午後二時四十五分だった。

駅前のロータリーを見渡すと、バスが一台停車していた。しばらくしてバスが発車し、直後にライトグリーンの軽自動車がロータリーに入ってきた。琴音の前で停まり、運転席のドアが開いて、三十代前半くらいの女性が降り立つ。昨日響子が見せてくれた結婚式の写真で、ウェディングドレスを着ていた長女のさくらだ。今日はライトブルーのニットに白のスキニーパンツを合わせている。

さくらは琴音に近づき、少し首をかしげて彼女を見た。そして納得したように一度頷く。

「あなたが塚口琴音さんですね」

「はい」

さくらも琴音がすみれに似ていると思ったのだろうか。しかし、さくらはそれには触れずに名乗る。

「水谷響子の長女の篠原さくらと申します。このたびは母が無理なお願いをして申し訳ありません」

さくらに礼儀正しく頭を下げられ、琴音は恐縮しながら答える。

「いえ、あの、私でお役に立てるなら……」

「今日はどうぞよろしくお願いいたします」

「はい」

「すみませんが、後部座席にお願いします」

さくらがテキパキと言って、助手席の後ろのドアを開けた。

「こんにちは」

運転席の後ろには響子が座っていて、琴音に会釈した。

「こんにちは」

琴音は挨拶を返し、少しの緊張を覚えながら響子の隣に座った。助手席には子供用のリュックが置かれている。琴音の視線に気づいて、運転席に乗り込んださくらがシートベルトを締めながら言う。

「二歳の息子がひとりいるんですが、今日は主人に見てもらっています」

「そうなんですか」

「では、出発しますね」

さくらがアクセルを踏み、車はゆっくりと走り出した。

ロータリーを出て京阪電鉄の踏切を渡り、十五分ほど街中を走っているうちに、緑豊かな山々が近づいてきた。その麓に大きな二階建ての建物が見えてくる。

「あれがことぶき庵です」

さくらがハンドルを切りながら言った。ことぶき庵の瓦屋根と漆喰の壁は驚くほど風景に溶け込んでいた。だが、緑豊かな場所にあるのに、曇り空のせいかもの寂しげに見える。

車は左折してことぶき庵の駐車場に入った。十台分の駐車スペースがあり、施設のワゴン車が一台と乗用車が二台駐まっている。さくらは車をメタリックブラックのセダンの横に駐めて、明るい表情で振り返った。

「塚口さん、今からは〝すみれ〟と呼ばせてもらいますね」

さくらの言葉を聞いて琴音は硬い表情で頷いた。

「はい」

「お母さんもしっかりしてね」

さくらは琴音の隣に視線を向け、こちらを悲しげに見つめていた響子に言った。

「大丈夫よ」

響子は目をつぶって息を吐き出し、また目を開けた。瞳から悲しみの色を消すように、頬を緩めて穏やかな笑みを浮かべる。

「さあ、行きましょう」

響子に促されて車から降り、琴音はさくらと響子のあとに続いて自動ドアから中に入った。玄関でスリッパに履き替え、受付で響子が代表者の名前を記帳した。

「祖母の部屋は三階よ」

さくらが言って、エレベーターのボタンを押した。エレベーターはストレッチャーが入る奥行きのあるタイプだ。三階で降りて明るいクリーム色の廊下に出たとたん、琴音は脚が震え出すのを感じた。

自分がここでしっかりしなくてどうする。響子だって悲しいのをこらえて、気持ちを切り替えていたのだから。

　琴音は不安でドキドキする胸を押さえながら、さくらと響子に続いて廊下を歩いた。突き当たりに来ると、さくらが右手の部屋のスライドドアをノックした。ネームプレートには〝上村(うえむら)花恵〟と書かれている。

「おばあちゃん、こんにちは。来たよー」

　さくらは明るい声で言いながらスライドドアを開けた。部屋は狭いワンルームマンションのような造りで、手前には手洗いのためのシンクとスライドドアで仕切られたトイレがあり、窓際にローチェストとベッドが置かれている。

　さくらと響子がベッドに近づいた。琴音はおずおずとふたりの間から、ベッドで寝ている痩せた女性を見る。小柄で、小さな黒い目はたるんだ皮膚(ひふ)の間に埋もれかけている。その花恵がさくらを見て弱々しく口を開き、しわの寄った唇からかすれたか細い声が漏れた。

「すみれは……来てへんの？」

「来てるわよ」

　さくらが微笑み、振り返って琴音を示した。琴音は響子に背中を押され、遠慮がちにベッドに近づく。

「まあ……まあ、すみれ」

　花恵が薄い掛け布団の下から骨張った腕を伸ばした。ところどころシミの浮いた痩せた手が、力なくベッドの柵に落ちる。琴音はそっと手を伸ばして、花恵の手の甲に触れた。

「すみれ……」

花恵が今にも泣きそうな声を出す。

本当はすみれも花恵に会いたかっただろうに。そう思うとたまらなくなり、琴音は言葉を発していた。

「お、おばあちゃん、なかなか来られなくてごめんね。いろいろあって」

「ああ、ああ……。そうやろうねぇ。体、壊さへんようにね。すみれが来てくれるんだけが楽しみなんやから……」

「うん……ごめんね……」

琴音は花恵の手を両手でそっと包んだ。乾燥したしわだらけの手を撫でるうちに、ふと自分の曾祖母の手を思い出した。花恵が嬉しそうに目を細めて言う。

「すみれの手はいつも柔らかくてあったかいねぇ……」

琴音は微笑んで花恵を見た。花恵が懐かしそうに話をはじめる。

「すみれが生まれたんは、三月の暖かい日やったねぇ……。私がさくらを連れて、響子の入院先に行ったんよ……。あんなに小さな赤ちゃんやったのに……」

「それを言うなら、私だってもうこんなに大きくなったわよ」

さくらが冗談っぽく言葉を挟んだ。花恵が笑い声のようなものを零す。

「そやねぇ。私も歳を取るはずやねぇ……。さくらの結婚式はいつの予定やったかな？それまでは元気でいたいんやけど……」

花恵の言葉を聞いて、さくらは表情を曇らせた。花恵はさくらが結婚したことも覚えていないのだ。

花恵は細く長く息を吐き、少し目を閉じたが、やがて目を開けて思いついたように言う。

「すみれ、自慢の彼氏は元気にしてはるんか？」

「えっ」

琴音は驚いて声を上げてしまい、救いを求めて響子を見た。

すみれには彼氏がいたのか……。琴音は、そもそもそんなことは聞いていなかったので、これからどうやって会話を進めていいのか、不安になった。

響子はつらそうに表情を歪め、さくらが急いで口を開く。

「伊織(いおり)くんも元気に仕事を頑張ってるみたいよ！　ね、すみれ」

さくらに言われて、琴音は慌てて頷いた。

「う、うん。頑張ってる」

〝伊織くん〟とはいったい誰なのか。琴音が困惑しているのに気づいて、さくらが助け船を出すように言う。

「あんまり長居をして疲れてもいけないし、お母さん、そろそろお暇(いとま)しようか」

「そうしましょう。また来るわね」

響子が話を合わせるように言って、琴音から花恵の手をそっと取り上げ、掛け布団の中に入れる。

「また来るからね。それまで元気で待っててよ」

さくらが言った。琴音は掛け布団の上から軽く花恵の腕の辺りに触れながら、別れの言葉を口にする。

「おばあちゃん、さよなら」

花恵は疲れた様子でかすかに頷き、目を閉じた。ほどなくして寝息を立てはじめる。

「行きましょう」

響子が小声で言い、三人は部屋を出てエレベーターで一階に降りた。

「ちょっとごめんなさい」

響子はさくらと琴音に断って、受付の介護士と少し話をした。それからふたりを促して駐車場に戻り、三人は車に乗る。

「お母さん、塚口さんに伊織くんのことを話してなかったのね」

さくらに咎めるような口調で言われ、響子は申し訳なさそうに口を開いた。

「お話ししてなくてごめんなさいね……。すみれは就職してしばらくしてから、レストラン部門でシェフとして働いていた伊織くんとお付き合いをはじめたの。事故に遭うまで四年近く……」

さくらがシートベルトを締めながら言う。

「伊織くんはすみれが死んでしばらくしてから、独立して念願だった自分の店を持ったわ。ハガキで案内をくれたの。イル・クオーレって名前にしたって」

「えっ、イル・クオーレって？」

琴音は目を見張った。響子が頷いて言う。

「そうなの。エージェント・エスの一階にあるお店よ。本当だったら、すみれはイル・クオーレで彼と一緒に働いていたのかもしれないと思うと……どうしてもあの店には行けなくて……」

響子の目に涙が光った。

昨日、イル・クオーレに誘ったとき、響子がつらそうな表情をした理由に気づいた瞬間、琴音の視界がにじんだ。その涙が娘を失った響子に対するものか、若くして命を落としてしまったすみれに対するものか、よくわからないが溢れてくるのを止められない。

「もう、お母さんてば……」

そう言うさくらの声も湿っぽかった。

「ごめんなさい。先に言っておくべきだったんでしょうけど、エージェント・エスに行くのもすごく勇気がいって……気持ちに余裕がなくて……」

響子が心苦しそうに言った。琴音はショルダーバッグからハンディタオルを出して目に押し当てる。

「伊織くんにも来てもらえたら……母も喜ぶかもしれないんだけど……。すみれが死んでからもう三年も経って、彼だって新しい恋をしているかもしれないし、そんな人にお願いするのは気が引けるわね」

最後は独り言のように呟いて響子は寂しく微笑み、さくらに車を出すように言った。駅へと送られながら、琴音は陰のある伊織の表情を思い出していた。

もしかしたら、あのオーナーシェフはすみれと店を持ちたかったのではないか。きっとほかの人を雇いたくないから、ひとりで店を切り盛りしているに違いない。

琴音はそっと窓の外を見た。ひとけのない住宅街がやけにもの寂しく感じられた。


山科駅で琴音は名残惜しそうにする響子たちと別れたあと、報告のために電車でエージェント・エスに向かう。エントランスからエレベーターに乗ろうとして、ふと思い直し、イル・クオーレに寄ってみた。だが、腕時計を見ると五時四十分を示していて、店には〝CLOSED〟の札がかかっている。

ドアには琴音の目より少し高い位置にステンドグラスのようになった小窓がある。琴音は背伸びをして、小窓に額を押し当てた。店の中は薄暗くてよく見えない。

開店は六時半なので、伊織はまだ来ていないのだろうか。

そのとき突然、ドアが内側に開いた。ドアに張りついたままだった琴音は、バランスを失って前のめりになる。

「きゃあっ」

目の前に黒のVネックニットがある、と気づいたときには、顔面から相手の胸に突っ込み、「ぶっ」と変な声を上げていた。

「ああ、キミか」

少し驚いたような低い声が降ってきて、琴音は鼻を押さえながら顔を上げた。二十センチほど高い位置に伊織の顔がある。

「大丈夫？」

「す、すみませんっ」

琴音は慌てて彼から離れた。伊織はネイビーのスキニージーンズの腰に右手を当てて、少し首を傾げる。

「ディナーは六時半からですよ」

「あ、そうですよね」

伊織が手のひらを上に向けて店から出るように促すので、琴音は慌てて言葉を続ける。

「あの、実は私、瀬川さんに頼まれて……というか迷惑をかけたお詫びに……今日、すみれさんとして花恵さんに会いに行ってきたんです」

「すみれとして……？」

伊織の眉間にしわが刻まれた。

「はい。あの、すみれさんのおばあちゃんの花恵さんなんですが、認知症になってしまって、すみれさんが亡くなったことを忘れていて……響子さんはそれを何度も説明するのがつらくなって……それでエージェント・エスに孫娘の代行をお願いしに来たんだそうです」

琴音はすみれとして派遣されることになった経緯を説明した。

琴音の話を聞き終えて、伊織が呟くように言う。

「花恵さん、そんなことになってたんだ……。もう三年以上会ってないから……」

「花恵さんは伊織さんにも会いたいんだと思います。お願いします、花恵さんに会いに行ってもらえませんか？」

　琴音は花恵の様子を思い出して、涙ぐみながら伊織に訴えた。だが、彼の返事はそっけない。

「それは無理です」

「どうしてですかっ⁉」

　琴音が大きな声を出すので、伊織は小さくため息をついてドアを閉めた。

「付き合ってもうすぐ四年ってときに、すみれに『将来のこと、考えてる？』って訊かれたんです。そのとき俺は調理師専門学校を卒業した雇われシェフだったから、独立して自分の店を持つのが夢だった。だから、そう答えたら、『そうじゃなくて……結婚、とか』ってすみれが言うんです。俺はつい『自分の店を持って経営が安定するまで、結婚は考えられないな』って正直に答えてしまった」

　伊織は悲しげに息を吐いて続ける。

「あのとき、すみれは『じゃあ、私、まだ待たなくちゃいけないね』って寂しそうに笑ったんです。俺はまだ将来を約束できなかった。仕事優先で、結婚のことなんて考えてなかったし。でも、それを正直に伝えすぎたことを後悔しています。すみれのことが好きだったのは本当だから。今でもそれを後悔しているのに、花恵さんの前で嘘をつきとおせる自信がありません」

最後はきっぱりと言った。琴音はなにも言えず、唇を引き結んだ。

「だから、申し訳ないけれど、キミのお願いには応えられません」

「いいえ……。私のほうこそ、伊織さんの気持ちも考えずに突然お邪魔して無理を言ったりして……すみませんでした」

琴音は肩を落とし、お辞儀をして店を出た。背後でドアが閉まる音がする。

伊織の心の中には、まだすみれへの想いがあるのは間違いない。響子は、彼は新しい恋をしているかもしれないから来てほしいとは頼みにくい、と言っていた。でも、そうではないのだったら、花恵に会ってほしい、と思ってしまう。しかし、自分は部外者だ。これで依頼も終わりなわけだし、これ以上のことはできない。

琴音はもどかしい思いのままエレベーターに乗って三階に行った。自動ドアを開けて入ると、目の前の受付デスクに珠希が浅く腰かけていた。白いボウタイブラウスにネイビーのタイトスカートを穿(は)き、長い脚を組んでいる。

「遅いわよ。代行が終わったら、すぐに報告に来てくれないと困るの」

整った顔で冷たい視線を向けられ、琴音の背筋が伸びる。

「は、はい、すみません」

「まあ、いいわ。初めてなのによくやってくれたと思う。さっき依頼人に確認の電話を入れたら、感謝されたから」

「ホントですか？」

「ええ」

珠希の目つきが和らぎ、琴音はほっとした。

「それじゃ、報告書に記入して」

珠希は腰を上げて事務室に向かった。事務室は応接室と同じ大きさで、窓を背にして事務デスクが三つ並んでいる。どのデスクにもノートパソコンが置かれていたが、左端以外のデスクにはファイルや書類の束も積まれていた。

珠希は左端のデスクに近づき、琴音に座るよう促した。

「あなたは正式スタッフじゃないから、私の名前でログインするわ」

珠希がパソコンを操作して、サービス管理ファイルにログインした。表示された画面には、響子からの依頼内容が詳細に入力されている。

「この欄に、クライアントとの待ち合わせ時間と場所、簡単でいいから派遣先での仕事内容、それに代行が終わった時間を打ち込んでちょうだい」

「わかりました」

琴音は珠希が示した箇所にカーソルを合わせ、文字を打ち込みはじめる。

ことぶき庵での出来事をかいつまんで入力し、山科駅に戻った時刻を記載した。

「できた？」

珠希がパソコンのモニタを覗き込んだ。

「はい」

「じゃあ、これを保存すれば終わり」

珠希がマウスを操作してファイルを保存するのを見て、琴音はこれで借りは返せた、とほっとした。そんな琴音を見て、珠希がふと思いついたように言う。

「ねえ、あなた、うちで正式に働かない？」

「はい？」

琴音は珠希を見て瞬きをした。

「あなたにはうちの仕事が向いていると思うのよね」

演技力の点では期待してないって言ってたくせに、と琴音が不満そうな顔をしたのを見て、珠希が言う。

「あなた、単純だし、すぐに感情移入するでしょ。いろいろな人材になりきることができそうだと思うの」

琴音は、これは褒め言葉なのだろうかと一瞬考えたが、すぐにきっぱりと言う。

「それ以前に、私、今の会社を辞めるつもりはありません」

「二股男がいるのに？」

珠希に問われて、琴音は視線を落とした。

たしかに……瑛一郎に冷たくされるのも、無理して笑うのもしんどいけれど……世間でもそこそこ名の知られた中堅企業で、社員のために働く仕事をしているのだ。彼氏に振られたぐらいで転職するなんて考えられない。

琴音は顔を上げて言う。

「瑛一郎さんがいてもいなくても、私は今の仕事を続けます」

「それは残念ね。気が変わったらいつでも連絡して」

「気が変わることはありません」

珠希はなにも言わず、事務室のドアを開けた。琴音は一礼してエージェント・エスを出た。

＊＊＊

翌週の木曜日、琴音は総務部で毎月末締め切りの請求書入力処理を進めていた。もう少しで正午というときに、人事部長から内線電話がかかってきた。

「塚口です」

『藤松(ふじまつ)だ。至急、第三会議室まで来るように』

短い呼び出しの言葉だけ残して、電話は切れる。人事部長に呼び出されたのは初めてのことだ。上司に――それも人事部長に――呼び出されるなんて、あまり喜ばしいことではないような気がする。

琴音は漠然とした不安を覚えながら席を立った。

「第三会議室に行ってきます」

　琴音は誰へともなく言って、同じフロアの一番奥にある会議室に向かった。人事部のオフィスのドアはピタリと閉じられている。見えない瑛一郎の姿を思って胸を痛めながら、突き当たりの一番狭い会議室のドアをノックした。

「失礼します」

　ドアを開けて中に入ると、藤松は長机の向こう側に座っていた。五十歳前後の男性上司に手振りで座るよう示され、琴音はもう一度「失礼します」と言って着席した。異動の話だろうか、と琴音は窺うように藤松を見た。藤松は小さく咳払いをして話を切り出す。

「単刀直入に言う。キミが副業をしているらしいと聞いたんだが、本当かね？」

「えっ」

　予想していなかったことを言われて、琴音は瞬きをした。藤松は話を続ける。

「昨日、会社のウェブサイト経由で代表宛に匿名のメールが届いた。社長秘書から私のところに連絡があったんだが、キミは代行サービス会社で働いているのか？」

「い、いいえっ」

　そんなメールをいったい誰が、と思ったが、今はそれを考えるより身の潔白を証明するほうが先だ。

「代行サービス会社に登録したわけではありません。困っている人を助けたくて力を貸しましたが、純粋に人助けのためで報酬は受け取っていません」

「つまり、ボランティアだったと言いたいのかね？」

「はい」

藤松はしばらく黙って琴音を見ていたが、やがて口を開いた。

「キミはうちが副業禁止だということは知っているね？」

「はい」

「今回はキミの言い分を信じるとしよう。だが、外部からこうしたメールが会社の代表宛に送られてくるのは問題だ。入社して四年、真面目に働いてくれていたとは思うが、そのキミの評価やキミ自身に対して疑いが生じる。それはわかるね？」

藤松が淡々とした口調で言った。琴音は神妙な顔で頷く。

「はい」

「それなら、今後一切疑わしいことはしないように。二度目はないと思いなさい」

「わかりました」

「話は以上だ。業務に戻りなさい」

「はい、失礼いたします」

琴音は立ち上がって一礼し、緊張した足取りで会議室を出た。ドアを閉めて大きく息を吐き出す。

匿名のメールなんて、いったい誰がなんのために？　私が会社をクビになってメリットがあるのは……。そこまで考えたとき、土曜日に珠希が別れ際に言った言葉が脳裏に蘇った。

『ねえ、あなた、うちで正式に働かない？』
『あなたにはうちの仕事が向いていると思うのよね』
『気が変わったらいつでも連絡して』

もしかして、珠希が自分をエージェント・エスで働かせたくて……？　しかし、決めつけるのはよくない、と思ったが、琴音の退職を願う人間は珠希以外に思いつかない。

珠希はクールビューティという感じでなにを考えているのかわからないが、目的を達成するためなら手段を選ばなさそうだ。彼女と関わり合いになるのはもうよそう。そう心に決めながら、琴音は総務部のオフィスに戻った。

だが、琴音の決心とは裏腹に、退社後、駅に向かっている途中で珠希からスマホに着信があった。藤松から話があった直後というタイミングだけに、液晶画面の〝瀬川珠希〟という文字を見て、琴音は腹立ちを覚えた。

「もしもし」
『私』
「わかってますっ。それより、なんであんなことしたんですかっ」
『あんなことってなに？』

匿名だからバレないと思っているのか。琴音は怒りに押されて早口で続ける。

「うちの会社の代表宛に匿名メールを送りましたよね？　私が副業をしてるって告げ口をしたんでしょ？　そうすれば私が会社をクビになって、あなたのところで働くとでも思ったんですかっ」

『は？　私がそんなくだらないことをするわけないでしょ』

「だって、私、人事部長に呼び出されて……」

『たしかにあなたは他人にすぐ感情移入するから、うちのスタッフになってもらえれば助かるとは思ったわ。でも、だからってそんな姑息な手段は使わない』

　珠希はきっぱりと言った。

「本当に……瀬川さんじゃないんですか……？」

『そう言ったでしょ』

　じゃあ、ほかに誰が……？　琴音が黙ったまま考えている間に、珠希が話を続ける。

『そんなことより花恵さんが危篤だそうよ。響子さんから一緒に見送ってほしいって依頼があったの』

「危篤って……」

　琴音は信じられない思いで息をのんだ。

「だって、土曜日にお会いしたときはまだお話しできたのに……」

『あのあと昏睡状態になったそうよ』

「えっ」

『覚悟をしておいてくださいって医師に言われたんですって。都合がつき次第、ことぶき庵に来てほしいって』

珠希の言葉を聞いて、琴音は唇を引き結んだ。藤松に『疑わしいことはしない』と約束したばかりだ。それに、そもそもすみれの代理を請け負うのは一度だけという約束だった。

だが……琴音は離れて住んでいたがゆえに、自分の曾祖母の死に目に間に合わなかったことを思い出した。

琴音は意を決して口を開く。

「わかりました。今から行きます」

『よかった。響子さんも喜ぶわ』

琴音はスマホのモニタを見た。時刻は午後五時四十五分。イル・クオーレはまだ開店していない。

琴音は通話口に向かって言う。

「その代わり、ひとつ条件があります」

『条件？』

「はい。伊織さんにも一緒に来てほしいんです」

『どうして？』

「花恵さんが、伊織さんのことを気にかけてたから。一緒に行けば、喜ぶと思うんです」

『……あなたって面倒ね』

電話の向こうで珠希がため息をついた。琴音は強気な口調で言う。

「私をすみれさんとして派遣したいなら、その条件をのんでください」

『わかった。凌太に電話させる』

珠希がスピーカーを押さえたのか、なにも聞こえなくなった。珠希ならうまく伊織を説得してくれるのでは、と期待しながら待つ。数分して珠希の声が聞こえてきた。

『残念ながら伊織くんには断られたわ』

「ええっ」

琴音は驚いて声を上げた。珠希たちの説得でもダメだったとは……。

『あなた、彼とすみれさんのことは知ってるのよね？』

「はい」

『だったらわかると思うけど、彼はまだ自分の罪悪感を昇華しきれていないのよ』

琴音は下唇を噛んだ。花恵の願いを叶えてあげたいという気持ちと、伊織の気持ちを汲まなければという思いが、心の中でせめぎ合う。

伊織の陰のある表情が琴音の脳裏をよぎった。彼はいつまで過去を引きずるつもりなのだろうか？　いつまで過去に留まっているつもりなのだろうか……？　伊織だってこのままでいいはずがない！

「イル・クオーレに寄ってからことぶき庵に向かいます！」

琴音は叫ぶように言って通話を終了し、全速力で走り出した。

水無瀬駅からはタクシーに乗り、イル・クオーレには六時二十分頃に着いた。

「運転手さん、すぐ戻ってきますので、このまま待っててください！」

そう言ってタクシーを降り、イル・クオーレのドアに駆け寄って右手で強く叩く。

「伊織さん！　塚口です！」

反応がないのでもう一度ドアを叩いたとき、唐突にドアが開いた。上下白いコックコート姿の伊織が、右手を腰に当てて立っている。

「俺は行かないと伝えたはずです」

そう言った彼の声は、なにかの感情を押し殺しているかのようにとても低かった。

これは、なんの感情だろう。自分が伊織だったらどんな気持ちだろうか。琴音はじいっと伊織の顔を見た。彼の表情には、悲しみや苦しみなどとひと言では言い表せない深い感情が交ざって見える。

「花恵さんの前で嘘をつきとおせる自信がないって言うのなら、なにも言わなくていいです。ただそばに立って一緒に見送ってくれるだけでいい。だって、本当に最後になってしまうかもしれないんですよ!?　とにかく一緒に来てください！」

「いや、俺はこれから店を開けなければ――」

伊織の言葉の続きを遮るように、琴音は彼の背後にまわって背中を押した。琴音より二十センチ以上も背の高い逞しい彼が、一歩足を動かした。踏ん張ろうと思えばいくらでも踏ん張れるはず。だが、そうではないことから、彼自身、迷っていることがわかる。

きっと伊織は一緒に来てくれる。琴音はそう確信し、伊織の左腕に自分の両腕を絡めて彼を店から引っ張り出した。路肩でハザードランプを点滅させているタクシーを指差す。

「運転手さんに待っててもらってるんです！」

伊織は刹那タクシーを見つめ、覚悟を決めたように口を開く。

「……わかりました」

「急いで行きましょう」

琴音が彼の腕を引っ張り、伊織は琴音の右腕をやんわりと押さえた。

「ドアに鍵をかけるから待ってください」

「あ、はい」

琴音は急いで腕を解いた。伊織はいったん中に入り、鍵と黒いコートを持って出てきた。ドアに施錠し、〝本日臨時休業〟と書かれたプレートにかけかえた。タクシーの後部座席のドアが開いて、伊織、琴音の順に乗り込む。

「JR山科駅の近くにあることぶき庵までお願いします」

琴音が運転手に住所を告げ、タクシーはすぐに発車した。隣に座っている伊織は腕を組んで険しい表情をしている。琴音は視線を彼からフロントガラスに向け、両手を祈るように組んだ。

（おばあちゃん、もう少しだけ待ってて！　伊織さんを連れていくから！）

ことぶき庵へは名神高速道路を通って三十分で着いた。タクシーを降りて琴音と伊織が花恵の部屋に入ると、響子とさくら、それに彼女の夫と思われる三十代半ばの男性と小さな男の子の姿があった。

「響子さ……お母さん」

琴音が声をかけ、響子が振り返った。

「こちら……」

さくらが小声で夫に琴音を紹介した。夫は頷き、琴音と伊織のためにベッドから一歩下がった。花恵は先週と同じようにベッドに横になっていたが、目を閉じて力なく口を開けている。その口から漏れる呼吸音は、雑音の混じった苦しげなものだ。

響子に促されて、琴音はベッドに近づいた。

「おばあちゃん」

声がかすれてうまく出ず、咳払いをしてもう一度口を開く。

「来たよ」

目の前の痩せた女性が、自分の曾祖母の姿と重なって見えた。見合い結婚だった曾祖父とは、近所でも有名なおしどり夫婦だった。そんな曾祖母は、まだ小学生だった琴音によく言ったものだ。

『琴音もひいおじいちゃんのようなステキな人を見つけて結婚するんえ』

言われた頃はいつも「まだ早いよ」と笑って返した。でも、今になってもステキな人を見つけられていない。見つけたと思ったのに、その人は琴音の腕の中からすり抜けていってしまった。毎晩ひっそりと泣いているようじゃ、曾祖母も安心できないはずだ。

　琴音は花恵の腕にそっと触れた。

「ねえ、おばあちゃん、私、幸せになるよ。私だけを大切にしてくれる人と幸せになる。だから安心してね」

　そのとき、花恵の口元がふっと緩み、微笑んだように見えた。琴音は目頭が熱くなり、うんうんと頷いた。直後、聞こえていた呼吸音がピタリと止まり、病室は刹那、静寂に包まれる。

「おばあちゃん！」

　さくらが悲痛な声を上げ、枕元のナースコールを押した。すぐに廊下を走る足音がして、医師と看護師がスライドドアを開けた。

「息が！」

　さくらが声を上げ、琴音たちはベッドから離れた。医師は花恵に近づき、聴診器を当てたり脈を取ろうとしたりする。琴音はただ見守ることしかできない。

　やがて医師が低い声で言った。

「午後七時十五分、ご臨終です」

　花恵の死亡を告げられ、さくらの目から涙が溢れた。

「おばあちゃん」

さくらが呟くように声を上げ、さくらの夫が息子を抱き上げた。

「ひいおばあちゃんは天国に行ったんだよ。一緒にお別れしようね」

響子が医師と看護師に礼を言うのを、琴音はぼんやりと聞いていた。

あとは、家族だけにしてあげたほうがいいだろう。琴音は静かに部屋を出てドア横の壁にもたれた。続いて伊織もドアから出てきて琴音に並ぶ。彼は顔を上げてゆっくりと息を吐き出した。その横顔から表情は読み取れない。

「無理矢理連れてきてごめんなさい」

琴音がそっと言うと、伊織は彼女を見て首を小さく横に振った。スライドドアが開いて響子が姿を現し、琴音と伊織に向き直った。

「来てくれて本当にありがとうございました。伊織くんにも見送ってもらえて、母もきっと穏やかな気持ちで逝けたと思います」

響子が、悲しみを湛えながらもどこかさっぱりした表情で言った。

「お役に立ててよかったです」

琴音は声が震えそうになるのを懸命にこらえて言った。隣では伊織が無言で頷いた。

「では、葬儀の手配などもありますので、すみませんがこれで失礼しますね」

響子は軽く頭を下げて部屋の中に戻った。スライドドアがゆっくりと閉まり、伊織が琴音にハンカチを差し出した。

なんだろう、と問うように見た琴音に、伊織が言う。

「使ってください」

そう言われて初めて、琴音は自分が泣いていることに気づいたのだった。

＊＊＊

花恵の通夜は金曜日に、告別式は土曜日に、花恵の自宅で営まれた。山科駅から徒歩十分ほどのところにある古くからの住宅街で、周囲には同じような瓦屋根の二階建て家屋が並んでいた。

琴音は伊織とともに告別式に参列した。戸襖（とぶすま）を取り払った六畳二間には、響子たち親族五名が座っている。琴音たちのほかに、花恵が生前親しくしていた近所の女性が数人焼香に訪れただけで、ひっそりとした告別式だった。

棺が霊柩車に運び込まれ、親族が送迎車に乗り込んだ。

――花恵さん、さようなら。

琴音と伊織は花恵の家の前から見送った。霊柩車と送迎車が角を曲がって見えなくなり、辺りに静寂が戻った。

葬儀の日時は珠希から電話で連絡があり、そのときに伊織が告別式に行くつもりにしていることを教えられた。山科駅前で彼を見つけ、そのまま一緒にいる。

「そろそろ帰りましょう」

伊織に促されて、琴音は彼と並んで駅に向かった。十分の道のりを黙って歩き、電車に乗ってふたりがけの席に座った。電車が動き出し、琴音は窓の外を見ながら呟く。

「響子さんと打ち合わせをしたのは先週の金曜日だったのにな……」

京都駅から数駅の間は建物が多かったが、そのうち刈り入れの終わった田んぼが見えはじめた。背後に見える山は紅葉の本番を迎えていて、オレンジや黄色に色づいている。

「あっという間だった気がしますか？」

伊織に訊かれて、琴音は彼のほうを見た。

「そうですね……」

「俺もそう思います。知らない間に取り残されていたような……そんな感じです」

伊織がしんみりと言った。

「たしかに……そうかもしれませんね」

琴音は瑛一郎との間に起こったことを思い出した。知らない間に瑛一郎はほかの女性との結婚を決めていた。彼はその女性と家庭を——琴音のいない人生を——築いていくのだ。会社で会ったときの彼の冷たい視線を思い出して、鼻の奥がつんと痛む。

これは花恵が亡くなって寂しいからだ。琴音は心の中で自分に言い訳し、俯いて目尻の涙をそっと指先で拭った。ふと視線を感じて顔を上げると、伊織と目が合った。彼の心配そうな表情を見て、琴音はなんでもない、と言うように小さく首を横に振った。

やがて島本駅が近づき、電車が減速しはじめた。

「俺はここで降ります」

島本駅で降りれば、阪急水無瀬駅よりは遠いが、イル・クオーレに歩いて行ける。

「じゃあ、ここでさよならですね」

琴音が言い、伊織は背もたれから背を起こして琴音に声をかけた。

「なにか食べていきませんか？　疲れているみたいだし、うちでなにか食べて休んでいったらどうかと思って」

彼は気遣うように琴音を見た。

疲れているようだ、という彼の言葉は当たっている。失恋のショックでまともに食事を摂っていないせいか、ここ数日、ずっと体がだるかった。だが、体よりも心のほうが疲れていて、自分に向けられた親切に甘えたくなった。伊織が作ってくれたものなら、食べられるかもしれない。

「そうさせていただきます」

琴音が答えたとき、電車がホームに滑り込んだ。開いたドアから伊織に続いて降り、駅舎を出てイル・クオーレに向かう。阪急電鉄の高架をくぐって住宅街に入ると、やがて見慣れたＨＹＭビルが見えてきた。

イル・クオーレのドアには〝本日、ランチタイムは臨時休業いたします〟と書かれた紙が貼られていた。それをそのままにして、伊織は鍵を開けて琴音を中に通した。壁のスイッチを押してライトをつける。

「着替えてくるので、座って待っててください」

「わかりました」

伊織がカウンター席の椅子を引いてくれたので、琴音は黒のコートを脱いでそこに腰を下ろした。コートをカゴに入れている間に、伊織は厨房の奥にあるドアから出ていった。

琴音は椅子に背を預け、疲れた気持ちのままに深いため息をつく。ひとりになって気が抜けた瞬間、瑛一郎との思い出が突然蘇ってきた。

瑛一郎に別れを切り出されたのは二週間前の今日。あの日、瑛一郎はひとりで店を出ていき、琴音はひとりきりで席に座っていた。

襲いくる悲しい記憶に抗えず、視界がにじむ。

「ふ……うっ……」

つい声を上げてしまい、唇を噛みしめた。大丈夫だ。伊織が戻ってくるまでに泣き止めばいいのだから。

琴音はバッグからハンカチを取り出して目に押し当てた。もう二週間も経ったというのに、記憶はまだ生々しい。散々泣いたはずなのに、まだ涙が溢れてくるなんて。

ハンカチを顔に当てたままカウンターに突っ伏したとき、肩にそっと手が置かれた。驚いて顔を上げると、いつの間に戻ってきたのか、コックコート姿の伊織が立っている。

「あ、お、お帰りなさい。早かったですね」

琴音は慌ててハンカチを下ろした。

「このマンションに住んでますから」

「そうなんですか」

また涙が溢れてきて、琴音は顔を背けた。

「ずっとつらそうでしたね。無理しないで、好きなだけ泣いていいんですよ」

伊織の思いやりのこもった声が降ってきて、琴音は彼のほうを見た。

「で、でも、ご迷惑じゃ」

琴音がひっくとしゃくり上げ、伊織は淡く微笑んだ。

「迷惑だとは思いませんが、ずっと泣いてばかりいたら、がっかりするかもしれません」

がっかりとは、いったいどういう意味だろう。琴音は瞬きをして伊織を見た。弾みで涙が零れ、頬を伝った。

伊織は琴音の隣の椅子に腰を下ろして言う。

「花恵さんに幸せになるって約束したのは、塚口さんですよね？　それなのに、いつまでも泣いてばかりだったら、花恵さんががっかりすると思いますよ」

伊織の言葉にハッとして、琴音は涙を拭った。花恵と会うことで、彼の心が動くかもしれない。伊織に過去から歩き出してほしい。そう思って彼を連れ出したはずだった。だが、これでは立場が逆だ。

琴音は瞬きを繰り返して涙を散らし、大きく息を吐いた。そして笑みを作って言う。

「それは伊織さんだって同じですよ」

「俺は泣いていませんが」

伊織が首を傾げ、琴音は彼のコックコートの心臓の辺りを指差した。

「ここです。いつまでも泣いてません？」

伊織は目を見開き、琴音をまじまじと見た。

「そんなつもりはなかったけど……本当は泣いていたのかもしれない。後悔と罪悪感でどうしようもなく苦しくて……気づかないうちに泣いて、泣きすぎて……だから、なにも感じなくなっていたのかもしれない」

伊織は顔を上げて、店内をゆっくりと見まわした。

「こんなんじゃ、やっぱりがっかりするよな」

誰へともなく呟き、ふっと口元を緩めた。

「お坊さんが言ってましたね。『残された人が一生懸命生きることが、亡くなった人への一番の供養になる』って。いいかげん、前に進まないとダメですよね」

最後は自分に言い聞かせるように言った。そうして今まで琴音が聞いた中で一番明るい口調で言う。

「お客様、ご注文はお決まりですか？　今日はなんでも好きなものをごちそうしますよ。俺の奢りです」

「えっ、ホントですか？」

「もちろん。ただし、メニューにあるものでお願いします」

伊織に言われて、琴音は左手の黒板に視線を送った。単品からコース料理まで、今日のディナー用のメニューが手書きされている。

「ええと、じゃあ……〝スパゲッティ・ペスカトーレ〟をお願いします」

「ほかには？」

伊織に訊かれて、琴音は彼のほうを見た。

「え？　あ、えっと、じゃあ、食後にコーヒーもいいですか？」

「コーヒーと一緒に〝リコッタチーズのチョコレートムース〟もどうですか？」

問いに問いで返されて、琴音はもう一度黒板を見た。

「リコッタチーズのチョコレートムースは……メニューにはないみたいですけど……？」

怪訝に思いながら伊織に視線を戻した。彼は刹那、なにかを思い出したように切なげな表情をしたが、やがて椅子から立ち上がった。

「簡単ですぐに作れるんです。すみれが好きだったから、三年以上作ってなかったんですけど……」

「……いいんですか？」

琴音は心配になって伊織を見た。彼はゆっくりと頷いて言う。

「俺が作りたいんです。嫌いでなければぜひ食べてください」

「嫌いどころか、リコッタチーズもチョコもムースも大好きです」

琴音が答えたとき、唐突にウィンドチャイムの音がしてイル・クオーレのドアが開き、凌太が顔を覗かせた。

「お、帰ってきてる」

そう言って大きくドアを開け、店に入ってきた。開店前の店内に伊織と琴音がふたりきりでいることに気づき、意味ありげに微笑む。

「へえー」

「なんだよ」

伊織の不満そうな声を聞いて、凌太がニヤリとする。

「俺、初めて見たときから、琴音ちゃんはすみれちゃんに似てるって思ってたんだよな」

「俺はそうは思わない」

伊織は言いながらカウンターをまわって厨房に入った。

「いや、似てるって」

凌太が琴音の隣に座ってじっと見るので、琴音は反応に困って瞬きをした。

「そんなに似てますか？」

「ああ」

凌太が答えた直後、厨房から伊織の声が聞こえてくる。

「似てない」

その声は少し怒ったように聞こえたが、伊織が冷蔵庫を覗き込んだので、琴音には彼の表情はわからなかった。

＊＊＊

翌日曜日、琴音は目を覚ましてから、ベッドの上でスマホを見たり、雑誌を広げたり、リモコンでテレビをつけては消したり……と手の届く範囲にあるもので時間を潰していた。これから休日はずっとひとりで過ごさなければいけない。どうやって過ごしたらいいのだろう……。こんなことになるのなら、もっと同期との付き合いを大切にしておけばよかった、と思ったが、今さらどうしようもない。

琴音は仰向けになって額に腕を載せた。長いため息をついたとき、枕元に置いたスマホが軽快な電子音を鳴らす。

(最近電話をかけてくる人と言えば……)

琴音は上体を起こしてスマホを手に取った。予感的中、着信の相手は珠希だ。今度はいったいなんの用だろうか。

琴音は警戒しながら通話ボタンをタップした。

「もしもし」

『私』

相変わらず短い珠希の声を聞いて、琴音は即答する。

「わかってます」

『今日、なにか予定ある？』

「……特には……」

『だったら、ちょっと頼まれてほしいんだけど』

「またですかぁ？　一度だけって約束だったのに」

琴音が不満げに言うと、同じような調子で珠希の声が返ってくる。

『私だって困ってるの。これまで伊織くんにはね、〝うちの仕事を手伝ってほしい〟って何度かお願いしたことがあるんだけど、そのたびに断られてたのよ。それなのに木曜日、あなたは彼を強引にことぶき庵に連れていったでしょう？　そのせいで私、彼に〝無理矢理働かされた〟って怒られてるんだから』

「えっ」

たしかに最初は強引だったかもしれない。でも、最後は納得して一緒に来てくれたと思ったのに、そうじゃなかったのか、と琴音はがっかりした。

『それでね、報酬として〝すみれ〟とデートがしたいって伊織くんが言ってるのよ』

珠希がさも困ったと言わんばかりに大きなため息をついた。

「すみれさんと？」

『そう。つまりはあなたとってことよ』

「ええーっ！」

琴音は大きな声を上げた。

『えーっはこっちのセリフよ。とにかくあなたの蒔いた種だし、今日予定がないなら、伊織くんとデートしてあげて』

「私の蒔いた種って……」

『だって、そうでしょ？』

珠希は当然だと言いたげな口調だ。

伊織はイケメンで料理もうまいのに、意外と面倒な男なのかもしれない。そんな伊織を連れ出したのはほかならぬ琴音である。たしかに自分の蒔いた種だ。

琴音は諦めて肩を落とした。

「わかりました。すみれさんとして伊織さんとデートすればいいんですよね？」

『そう。お願いね。伊織くんには私から伝えておくから、二時にうちに来て。伊織くんはランチタイムの営業が終わったらうちに来るので、彼とどこかに出かけてあげて。彼は仕事を大切にしているし、ディナーの時間もあるから、一緒にお茶するぐらいで納得すると思うわ』

「……わかりました」

『よろしく』

直後、電話が切れ、琴音はため息をついた。

特に予定もなかったし、暇つぶしだと思えばいいだろう。スマホの時刻表示を見ると午前十一時十分だ。

琴音はのそのそとベッドから下りて、トーストと即席スープでブランチを摂った。それから〝すみれ〟風の控えめなメイクをしたものの、クローゼットのワードローブを眺めて頭を悩ませる。

『すみれとデートしたい』と言われても……すみれっぽい服などそんなに持っていない。清楚に見えればいいか、とベージュのワンピースに白のショート丈のジャケットを着た。それにライトブラウンのショルダーバッグとショートブーツを合わせる。

伊織なら、自分じゃなくてもほかにデートしてくれそうな相手がいくらでもいそうだ。それなのに、わざわざ自分を指名してくるということは、やっぱりまだすみれへの気持ちを引きずっているということか。

失った恋の傷は三年経っても癒えないものなのだろうか。琴音は憂鬱な気持ちで電車に乗って、エージェント・エスに向かった。歩道を歩いているうちに目印のグリーンのサンシェードが見えてくる。腕時計を見ると、一時五十五分だ。

ビルに入ろうとしたとき、店のドアが開いて、コックコート姿の伊織が出てきた。彼がドアを押さえ、女性客三人が店から出てくる。

「ごちそうさまでした。すごくおいしかったです！」

三人とも二十代前半くらいの華やかな美人タイプだ。そんな女性客にうっとりとした眼差しを向けられているというのに、伊織は淡々とした口調で言う。

「ありがとうございました。またお越しください」

三人は名残惜しそうに伊織を見つめ、彼が小さく会釈したのを合図に歩き出した。伊織はドアのプレートをひっくり返し、〝CLOSED〟の文字を表示させたあと、店内に戻る。

伊織も、愛想よくすればきっとモテるのに……。琴音は余計なお世話なことを思いながら、ビルに入ってエレベーターに乗った。三階に上がって自動ドアを開けたとたん、エアコンの暖かな空気に包まれる。

「こんにちは」

「来たわね。座ってて」

珠希が給湯スペースから出てきて、琴音に受付の椅子を示した。だが、琴音は以前、受付の椅子に座っていたがために、響子にスタッフだと間違われたのだ。そのことを思い出して、ドアの脇に寄った。

「いえ、ここで待ちます」

「そう」

珠希はマグカップを持って事務室に入っていった。琴音はジャケットを脱いで腕にかけ、ドア横の壁にもたれた。腕時計を見ると二時ちょうどだ。

伊織はこれからランチタイムの片付けをして着替えてくるのだろう。長く待たされることを覚悟したが、それから五分もしないうちに自動ドアが開いて伊織が入ってきた。白のVネックニットに黒のスキニーパンツを穿いていて、ベージュのステンカラーコートを羽織っている。

「ああ、塚口さん」

伊織が琴音に気づいて会釈した。

「こんにちは」

琴音が壁から背を離して姿勢を正したとき、事務室から凌太が出てきた。

「おふたりさん、お揃いだね」

そう言って伊織に近づき、彼の肩に右手をまわす。

「ちゃんと愛想よくしろよな」

凌太に小声で言われて、伊織は無言で小さく肩をすくめた。

「じゃ、行ってらっしゃい」

凌太が腕を解き、ニヤニヤ笑いながら手を振った。

「行きましょう」

伊織に促されて、琴音は彼と並んで外に出た。琴音はジャケットを羽織りながら、話題のないときの定番、天気の話を振る。

「秋らしくていいお天気ですね」

「そうですね」

伊織が言ってエレベーターの下りボタンを押した。それ以上会話が続かない。ふたりで黙ったままビルの外に出たところで、琴音は足を止めて伊織を見た。

「あのぅ、どこか行きたいところはありますか？」

「いや、特には。塚口さんは？」

逆に訊かれて琴音は困ってしまった。

「いいえ、特には……。あの、伊織さんはどういったところによく行かれてたんですか？」

「え？」

彼が首を傾げて琴音を見た。

「あの、デートでは……ってことですけど」

伊織は前を見て後頭部を軽く撫でたが、すぐに琴音に視線を戻した。

「塚口さんの行きたいところでいいですよ。でも、珠希さんから聞いていると思うけど、ディナーの準備があるから、五時半までには店に戻りたいんです」

伊織に事務的な口調で言われて、琴音は瞬きをした。デートがしたいと言ってきたのは伊織のほうなのに、この態度はなんだろう。

とはいえ、こうしている間にも時間は過ぎていく。とりあえず手近な場所を提案することにした。

「じゃあ……駅の近くに甘味処があったので、そこでなにか食べませんか？」

「ああ、〝和カフェこはな〟さんですね。いいですよ」

伊織が言って歩き出した。背が高い彼は脚も長く、琴音は小走りになって彼のあとを追いかける。

「あ、すみません」

伊織が振り返って足を止め、ばつが悪そうな表情をした。

「いいえ」

伊織は〝すみれ〟とデートをしたがっていたが、いくら似ているとはいってもしょせんは別人だ。ぎこちないのがなんだかおかしくて、琴音は口元が緩みそうになるのを懸命にこらえた。

和カフェこはなは駅の西側にあり、焦げ茶色の引き戸と白壁がおちついた雰囲気で、銀行と商業ビルに挟まれてぽつんとあるのが不思議な感じだ。伊織が引き戸を開けてくれたので、琴音は小さく会釈して先に入った。焦げ茶色のテーブル席が十五ほどある店内は、半分ほど埋まっている。鶯(うぐいす)色の和服姿の女性店員が盆を持って近づいてきた。

「いらっしゃいませ。何名様ですか？」

「ふたりです」

琴音が返事をし、店員が窓際の席を手で示した。

「あちらへどうぞ」

席はふたりがけで、横の窓は格子窓になっていた。障子越しにほんのりと外の明かりが差し込んでいる。

席に着いて、それぞれコートを椅子の背に掛けた。伊織がメニューを広げて琴音の前に置く。

「塚口さんは珠希さんに頼まれて、すみれの代理を引き受けたんですよね？」

「はい」

「お疲れ様でしたね。なんでも好きなものを頼んでいいですよ」

「え？　伊織さんが奢ってくれるんですか？」

琴音はメニューから顔を上げて伊織を見た。

「もちろん。デートなんだから、それぐらいさせてください」

「ありがとうございます」

店員が注文を訊きに来たので、琴音は抹茶パフェとカフェオレを、伊織は抹茶カステラとブレンドコーヒーを頼んだ。

店員がテーブルを離れてから、琴音は伊織に尋ねる。

「あのぅ、今さらなんですけど、伊織さんは伊織なにさんなんですか？」

「ああ、伊織なにさんじゃなくて、伊織は名前です。名字は葉山」

その名字に聞き覚えがあり、琴音は首を傾げる。

「ってことは、もしかして、エージェント・エスの所長の葉山凌太さんとは従兄弟かなにかなんですか？」

「あれ、知らなかった？　凌太は俺の兄です」

「えーっ！」

琴音は思わず大声を上げてしまい、慌てて口元を手で押さえた。あの、どちらかというと凄みの利いたいかつい顔の淩太が、陰はあるが端正なイケメン、伊織の兄とは、にわかには信じがたい。

「ホントですか？　ぜんっぜん似てませんね！」

琴音の力のこもった言葉を聞いて、伊織は頬を緩めた。

「兄は子供の頃から柔道をやっていて体格もいいし、エージェント・エスを起業する前は警察官だったから」

「そうなんですか」

だからあんなに逞しくて目つきも鋭いのか、と琴音は納得した。

「二年くらい前に、犯人を追跡中に撃たれて大けがをしたんです。本人曰く、『生死の境をさまよって、本当に大切なものがわかった』らしくて、警察官を辞めてエージェント・エスを立ち上げました」

「本当に大切なもの？」

琴音の怪訝そうな表情を見て、伊織が言う。

「ああ、そうか。エージェント・エス設立の経緯は聞いてないんですね」

「はい」

琴音が頷いたとき、店員が注文の品を運んできた。琴音の前に抹茶パフェが置かれる。趣のある焼き物の器に白玉や抹茶アイス、あんこが形よく盛られていた。

「わ、思ったよりボリュームがある」

「続きは食べながらにしましょうか」

伊織に言われて、琴音は手を合わせた。

「はい。じゃあ、いただきます」

木製のスプーンを手に取り、抹茶アイスとあんこをすくって口に入れた。甘すぎたらどうしよう、と思ったが、あんこは優しい甘さで、苦みのある抹茶と好相性だ。ほんのりとした甘みに癒しさえ感じてしまう。

「んー、おいしい」

琴音はうっとりとした顔で言った。伊織はカステラを切って口に入れる。

「うん、これも甘さ控えめでおいしい。こういうのを食べると、やっぱり日本人だなって思います」

「葉山さんはイタリアンのシェフだから、イタリアンがお好きかと思ってました」

琴音が言うと、伊織は苦笑した。

「たしかにそうだけど、だからこそかもしれませんね」

伊織はコーヒーをひと口飲み、カップをソーサーに戻して話を続ける。

「さっきの続きですけど……」

「あ、はい」

琴音は白玉をすくいながら伊織を見た。

「珠希さんは二年半前まで有名なアパレルショップで販売員をしてたんです」

急に珠希の話になって、琴音は小さく首を傾げた。

「そのとき客の男にストーカーされるようになって、警察署に相談に行ったんだそうです。そのとき相談を受けたのが兄でした」

「なるほど」

「で、兄のほうが珠希さんにひと目惚れをしたらしくて」

「あー、瀬川さん、もんのすっごい美人ですもんね！」

琴音は初めて珠希を見たときの衝撃を思い出した。

「とはいえ、ストーカーに悩んでいる女性に気持ちを伝えることはできなくて、そのときは珠希さんとはなにも進展しなかったんだそうです。でも、エージェント・エスを立ち上げてしばらくしたとき、兄がうちの店で食事をしてたら、珠希さんが偶然女友達と食べに来て……」

伊織が思わせぶりに微笑み、琴音は彼の言葉を引き継いだ。

「お兄さんは運命の再会をした、と思った」

「そう。撃たれて死ぬかと思ったとき、兄は珠希さんのことを考えたんだそうです。その彼女と再会したのはまさに運命だと思って、珠希さんをエージェント・エスの副所長にスカウトしたんです」

「瀬川さんはすぐにオッケーしたんですか？」

琴音が訊くと、伊織はコーヒーを飲んで話を続ける。

「ちょうど退職したところだったから、『面白そうね』って言って、あっさりのったそうですよ」

「そうなんですか。なんか瀬川さんらしい」

琴音はクスッと笑った。

「今じゃどっちが所長かわからないくらいです」

伊織も笑いながらカステラを口に運んだ。目元が和らいで優しそうな笑みを湛えている。

彼が今までで一番大きな笑顔になったので、琴音はついじいっと見てしまった。

笑うとこんなにステキなのだから、普段からもっと笑えばいいのにもったいない。そんなことを思ったとき、伊織が首を傾げて琴音を見た。

「もしかして、抹茶カステラ食べたかったですか？　いいですよ」

伊織にフォークを向けられて、琴音は慌てて首を横に振った。

「そ、そんなに食い意地張ってませんよ！」

「おいしいものには目がなさそうだと思ってたんですけどね」

伊織に言われて、琴音は頬を赤くしながらパフェの続きを食べはじめた。白玉を口に入れ、そのもちっとした食感を黙って味わう。琴音がなにも言わないので気分を害したと思ったのか、伊織は真顔を作った。

「すみません」

「いえ」

琴音の短い返事を聞いて、伊織は申し訳なさそうな表情になる。

「ホントにごめん。兄に塚口さんの会社は副業禁止なんだって聞きました。金銭的報酬の代わりのデートなんだから、もっと塚口さんを楽しませてあげなくちゃいけなかったのに」

伊織の言葉が引っかかり、琴音はスプーンを口へ運ぼうとしていた手を止めた。

「〝金銭的報酬の代わりのデート〟？」

「そうなんですよね？『報酬の代わりに俺とデートしたいって琴音ちゃんが言ってる』って兄が——」

「えええっ」

琴音は思わずまた大声を上げてしまった。店内の視線を集めてしまい、琴音は恥ずかしくなって背中を丸め、声のトーンを落とす。

「私、そんなこと言ってません」

「え？」

今度は伊織が怪訝そうな表情になった。

「無理矢理働かされた『報酬として〝すみれ〟とデートがしたい』って葉山さんが言ってるって瀬川さんが……」

「えっ」

伊織は目を見開き、考えるように手を口元に当てた。

「申し訳ない」

「なにがですか？」

琴音は瞬きをして伊織を見た。

「兄は……俺に新しい恋人を作らせようと、いろいろ世話を焼きたがるんです。たぶん、塚口さんがすみれに似てると思って……珠希さんと仕組んだんだと思います」

伊織の声が沈んだので、琴音の気持ちも落ち込んだ。

「そうだったんですね……」

死んだ恋人にそっくりな女性とデートするなんて、とてもつらくて嫌なはずだ。それなのに……。

「瀬川さんも葉山さんもホントにおせっかいですね」

琴音が怒りのこもった声で呟き、伊織が「え？」と声を上げた。

「あ、えっと、葉山さんはお兄さんのほうの葉山さんです。いくら外見が似ているからって性格はぜんぜん違うでしょうし、葉山さんの気持ちも考えないでこんなこと……って、ああ、ややこしい！」

琴音が難しい顔をしたのを見て、伊織がふっと笑みを浮かべた。

「俺のことは今までどおり〝伊織〟でいいですよ」

だが、伊織の笑みはすぐに消えてしまい、琴音の胸が痛くなる。

四年も付き合っていた人を突然失って、そんなに簡単にまた大笑いできるようになんてなるはずがない。二年しか付き合っていない琴音でも、すぐ落ち込んでうじうじしてしまうくらいなのだから……。

琴音自身、花恵に約束したとはいえ、まだ瑛一郎への気持ちを完全に吹っ切ることはできていない。そんな自分と彼の姿が重なった。

「どうしたら忘れられるんでしょうね……」

琴音がぼそりと言うと、伊織が同じように低い声で言う。

「そうですねぇ……。月並みだけど、やっぱり〝新しい恋〟なのかなぁ」

伊織の呟きを聞きながら、琴音はスプーンを口に入れた。抹茶アイスはいつの間にかスプーンの上で溶けていて生ぬるく、なんだか中途半端な味になっていた。

＊＊＊

月曜日、出社した琴音は、総務部の女性社員が四人集まってひそひそと話しているのに気づいた。その中のひとり、三十歳の二宮朱里(にのみやあかり)が琴音を見て手招きする。

「塚口さん、塚口さん」

「おはようございます。どうしたんですか？」

琴音が自分のデスクにバッグを置いて四人に近づくと、朱里が声を潜めて言う。

「聞いた？　人事部の佐々木さんのこと」

瑛一郎の名前を出されて、琴音はドキリとした。

「な、なにをですか？」

琴音は動揺を抑えきれず声が震えたが、朱里は気づくことなく話を続ける。

「結婚するらしいよ、商品開発部の中村真帆（なかむらまほ）さんと」

「中村……真帆さん」

琴音は愕然として呟いた。真帆のことはよく知っている。琴音の二年先輩で、これまでに企画した冷凍食品がいくつかヒットしている。キリッとした目元にストレートのボブカットがよく似合っていて、社内でも一目置かれている仕事のできるクールな美人だ。

そして、長い間瑛一郎に片想いしていて、琴音から瑛一郎を奪う形で想いを成就させた女性……。

琴音は気づけば下唇をきつく噛みしめていた。

「もしかして、塚口さん、佐々木さんに憧れてた？」

朱里に顔を覗き込まれ、琴音は込み上げてくる涙を懸命にこらえながら、笑顔を作った。

「いえ、憧れてたとかそういうんじゃ……」

「いいっていいって。わかってる。塚口さんは佐々木さんと一緒に採用事務を担当したこともあったもんね。佐々木さんって物静かだからあまり目立たないけど、優しいしイケメンだし、憧れていたって誰も責めないよ」

朱里に慰めるように肩を叩かれ、琴音は目頭に力を込めた。そのとき琴音のデスクで内線電話が鳴りだした。琴音は朱里に小さく会釈してデスクに戻り、受話器を持ち上げる。

「塚口です」

『藤松だ。至急、第三会議室まで来るように』

先週の木曜日と同じ、人事部長の太い声が聞こえてきた。

「あ、はい。わかりました」

琴音は受話器を戻しながらも、頭は瑛一郎のことでいっぱいだった。

大好きで大切な人が自分だけではなく、彼女とも唇を、体を重ねたのだ……。そのことを想像すると、胸がムカムカして吐き気すら覚えた。ふらつきながら第三会議室に向かい、ドアをノックする。

「失礼します」

ドアを開けて中に入ったとたん、デジャヴュに襲われた。木曜日同様、藤松は険しい表情で長机の向こうに座っていた。

（私、なにもしてないけど……）

琴音は「失礼します」と言って着席した。

藤松は無言で、机の上に一枚のＡ４の紙を無造作に置いた。琴音は紙と藤松の顔を交互に見る。

「これは……？」

「読んでみたまえ」

琴音はおずおずと用紙を取り上げた。メールのプリントアウトのようで、数行の文章とともに、エージェント・エスから出てくる琴音と伊織の写真がプリントされている。

「え」

琴音は驚いて本文に目を通した。

『御社の社員が就業規則で禁じられている副業をしている上に、いかがわしいデートクラブに出入りしています。こうした風紀を乱すような社員の存在は、消費者として到底受け入れることはできません。御社には適切な対応を要求します』

いかがわしいデートクラブとは……もしかしてエージェント・エスのことだろうか。琴音は慌てて言葉を発する。

「あの、エージェント・エスはデートクラブではなくて、家族や友人の代行をする会社です」

「ホームページを見たが、恋人の代行もするそうだな」

「そういう場合もあるようですが、私は――」

「〝二度目はないと思いなさい〟と前回言ったはずだ」

藤松に言葉を遮られ、琴音は唇をギュッと結んだ。

たしかに伊織とデートしたのは事実だが、そうなる経緯を説明して部長は事情を汲んでくれるだろうか？　琴音は部長に釘を刺されたのに、またすみれとして花恵を見送った。

報酬はもらっていないが、依頼人である響子はエージェント・エスに依頼料を支払っているはずだ。深く考えずに引き受けて、大変なことになってしまった……。

藤松が厳しい声で言う。

「本日付けでキミを解雇する」

「か、解雇って……。いきなりそんな」

琴音は目を見開いて藤松を見たが、藤松は淡々と続ける。

「社内規定にある普通解雇だ。解雇する場合は三十日暦日前に予告する。予告しないときは平均賃金の三十日分を支給して即時解雇とする」

「私、だって、今まで真面目に」

琴音はすがるように藤松を見たが、彼の表情は険しいままだ。

「今までそうだったとしても、今はそうではないだろう？　こんなメールが出まわったらどうなるか。我が社はキミひとりのためにとんでもない損害を被(こうむ)ることになる。キミの処分はすでに決まったことだ」

藤松が有無を言わせぬ口調で言った。

「そん、な……」

琴音は呆然として肩を落とした。

瑛一郎の隣は自分の居場所ではなくなった。会社にも自分の居場所はないのだろうか。

琴音の視界が涙でにじんだ。

「泣いても決定は覆(くつがえ)らない。キミ自身が蒔いた種だ」

どこかで聞いたセリフだ、と思いながら、琴音は瞬きを繰り返して涙を散らした。

「わかりました。今までお世話になりました」

琴音は頭を垂れた。

「あとで人事部の者が手続きにいくはずだ」

「はい」

話が終わったことを知らせるように、藤松は口をつぐんだ。だが、琴音は脚に力が入らず、立ち上がることができない。

「戻りなさい」

藤松に催促され、琴音は両手をテーブルについてゆっくりと立ち上がった。

(居場所ってこんなに簡単になくなっちゃうんだ……)

あまりの急展開に、頭は理解しても心がついていかず、琴音はよろめきながら会議室をあとにした。

☑Case02 求む、ダブルデートのカップル 滝本純の場合

ＯＳＫ食品を解雇されてから二週間後の月曜日。琴音は緊張しながら、ある大手食品会社から届いた白い封筒の封を切った。ゴクリと唾を飲み込んで、三つ折りにされた手紙を広げる。

「〝弊社の中途採用にご応募いただきありがとうございました。採用審査の結果、誠に残念ながら今回はご縁がなかったものとして、ご了承くださいますようお願いいたします〟……」

琴音は小声で読み上げ、力なくベッドに腰を下ろした。

「またダメだったかぁ……」

会社をクビになってから琴音が中途採用試験を受けた企業はこれが二社目だ。ＯＳＫ食品よりも規模の大きな食品会社だったから、『ステップアップしたくて応募した』、と面接で言ったのだが、やっぱり高望みしすぎだったのか。琴音は手紙を封筒に戻し入れ、ベッドにごろんと横になった。

それにしても、二度もあんな密告メールを送るなんて、いったい誰がなんのために……、と考えを巡らせたが、嫌な思いを振り切るように首を横に振った。

今はそんなことを考えるよりも、帰省する年末年始までに新しい仕事を見つけなければならない。二年も付き合った彼氏に浮気され、その浮気相手とデキ婚されるなんて、両親

には言えるわけがないし、失業した理由も説明できない……。

琴音はベッドにうつぶせになり、枕元に置いていた就職情報誌を引き寄せた。折り目を付けていたページを開け、左の肘をついて顎を支えながら募集要項を見る。

琴音が従事していたのは総務の仕事だから、食品会社にこだわらなくてもいいのかもしれない。だが、食べるのが好きだから、やっぱり飲食関係がいい。かといって、フロアの仕事は向いていないと思う。

選り好みするからダメなのかな、などと悩みながらページをめくっていたら、ローテーブルの上でスマホの着信音が鳴った。

ベッドから手を伸ばしても届かず、仕方なく下りてスマホを手に取った。液晶画面に〝瀬川珠希〟の文字を見つけて表情が硬くなる。

エージェント・エスの仕事を手伝ったりしなければ、こんなことにならなかったのだ。

琴音はベッドに腰を下ろし、通話ボタンをタップして不機嫌な気持ちのまま応答する。

「もしもし」

『私』

「わかってます。今日はなんですかっ」

電話の向こうで珠希がクスリと笑った。

『不機嫌ね』

「不機嫌にもなりますよ。伊織さんとデートしたことが会社に知られて、クビになったんですから」

『そんなことで本当にクビになるの？』

珠希の返事を聞いて、琴音の機嫌がさらに悪くなる。

「実際になったんです！　伊織さんとのデートのためにエージェント・エスから出たところを、誰かが写真に撮って会社に匿名で送りつけたんですから！」

『ふーん』

「ふーんって！　あのデートだって、そもそもは瀬川さんと葉山さんが仕組んだものなんでしょ？」

『そもそもなんて言い出したらキリがないとは思わないの？』

珠希に冷静な声で言われて、琴音は言葉に詰まった。たしかに珠希の言うとおりだった。

そもそも琴音が伊織を危篤の花恵のところに連れて行かなければ、彼とデートする羽目にはならなかった。そもそも琴音が最初に響子の依頼を引き受けなければ、二度目の依頼を引き受けずに済んだはずだ。そもそも琴音がイル・クオーレのトイレで酔って寝なければ、珠希に恩を感じる必要はなかった。そもそも瑛一郎が浮気をしなければ、琴音はトイレで寝ることはなかった……。

「そう……ですよね」

琴音は力なく言った。

『だいたいそんなことで従業員を解雇する会社のほうがどうかしてる』

珠希の言葉を聞いて、琴音は苦い笑みを浮かべた。

「ホントですよ。四年も一生懸命働いたのに……」

悲しくて悔しくて情けなくて……いろいろな気持ちが込み上げてきて、自分でもどうしようもない。右手でくしゃくしゃと髪の毛を掻きまわしたとき、珠希が話題を変えた。

『ところで、働くといえば、ダブルデートの仕事があるんだけど』

「はぁ、そうですか」

琴音は明らかにやる気のない無気力な声で呟いたが、珠希は説明を続ける。

『依頼人は二十九歳の男性。ずっと好きだった女性とようやく付き合えることになったんだけど、その彼女が実は大のコスプレ好きで、初デートがコスプレイベントになったんですって。でも、彼はコスプレイベントって初めてで、彼女の前で失敗したくないから、友達カップルって設定でダブルデートをしてくれるカップルが必要だそうなの』

「わざわざ私に電話をかけてくるくらい人手不足なら、珠希さんが行けばいいじゃないですか」

『簡単に言わないでよ。歳と身長の近い人をリクエストされたの。私じゃ歳も身長も高すぎるのよ。その点、あなたなら歳も彼女と同じ二十五歳で、身長も同じくらいだし』

琴音がなにも言わないので、珠希が話を続ける。

『もちろん、前回とは違うわ。ちゃんと日当を出す。あなた、ちょうど失業中なんでしょ？　友達カップルの彼女役を引き受けてほしいの』

日当は、正直魅力的だった。貯金はそれなりにあるが、ここ二週間お金は出ていくばかりで入ってこない。

『日当は通常、恋人の代行として派遣するときの一・五倍出すわ』

珠希が言った金額を聞いて、琴音の心が少しだけ動いた。

時間もある。お金も欲しい。問題は……誰とカップル役をするかだ。

琴音は小さく咳払いをした。

「ちなみに……彼氏役は誰ですか？」

『うちのスタッフよりも、面識のある男性のほうがあなたも自然に振る舞えると思うから、伊織くんを派遣するわ」

「伊織さんを？」

『悪い話じゃないでしょ？』

たしかに、伊織とダブルデートをするだけでお金がもらえるのなら、おいしい話だ。琴音はすっかり乗り気になった。

「わかりました」

『期日は次の土曜日。水曜日に打ち合わせに来て。イル・クオーレは水曜が定休日だから、伊織くんも呼んでおくわ』

珠希に言われて、琴音はひとつ気になることを思い出した。

「あの、伊織さんはこの件に乗り気なんですか？」

『どうしてそんなことを訊くの？』

「だって瀬川さん、伊織さんに『〃うちの仕事を手伝ってほしい〃って何度かお願いしたことがあるんだけど、そのたびに断られてた』って、前、言ってたじゃないですか」

『ああ、それ』

珠希はクスッと笑って続ける。

『もちろんこれから説得するのよ』

「え」

『でも、大丈夫。あなたが失業して困ってるって言えば、彼、きっと引き受けてくれるはずよ。それじゃあね』

それだけ言って、珠希は電話を切った。

『大丈夫』って本当に大丈夫なのだろうか。琴音は一抹の不安を覚えながら、手の中のスマホを見つめた。


水曜日の午後五時半、琴音は打ち合わせのためにエージェント・エスに行った。自動ドアから入ると、伊織がこちらに背を向けて事務室の前に立っているのが見えた。その彼と向き合うように、珠希が立っている。

琴音が声をかけようとしたとき、伊織の険しい声が聞こえてきた。

「突然呼び出してそんな話をされても困る。俺はイル・クオーレのオーナーシェフで、エージェント・エスのスタッフじゃない。店を休業にしてまで、兄貴や珠希さんの仕事を手伝う気はない」

やはり珠希は、伊織とちゃんと話をつけていなかったらしい。伊織が嫌がるようなら面識のないスタッフとカップルを演じなければならない。できれば伊織のほうがよかったな、と琴音は肩を落とした。

「あのね、塚口さんは仕事をクビになって生活に困ってるの。その責任は私たちにないとは言えないわ。だから、伊織くんも協力してあげて」

珠希が伊織から琴音に視線を移した。

「責任ってどういう……」

伊織が言いながら珠希の視線を追って振り返り、琴音に気づいた。

「塚口さん」

「あ、こんにちは」

琴音は小さく頭を下げた。

「仕事をクビになったって本当ですか？」

「……はい……」

琴音は小声で答えた。

「その理由が俺たちにあるって、どういうことですか？」

伊織に真剣な顔で訊かれて、琴音は目を伏せた。

「えっと……就業規則で副業が禁止されていて……」

「でも、すみれとして派遣されたときは報酬を受け取らなかったんですよね？」

伊織は腑に落ちない、と言いたげな口調だ。

「それはそうだったんですけど……そのあと、伊織さんとデートしたのを……それを目撃、というか密告されて……」

伊織のせいだと言っているように聞こえないよう、琴音はもごもごと言葉を濁した。だが、伊織の表情が険しくなる。

「あれは仕事じゃないだろ。誤解もいいところだ」

「そうなんですけど……」

琴音は情けない顔になった。

「俺が仕事じゃなかったってキミの会社に証言する。解雇を取り消してもらおう。付き合ってもいない男とデートしたのがまずいっていうなら、キミの恋人だって言ってもいい」

伊織がそんなふうに声を荒らげている姿を見たのは初めてだ。彼が親身になってくれていることが伝わってきて、琴音は小さく微笑んだ。

「ありがとうございます。でも、いいんです」

「よくないですよ」

「いいえ、もういいんです。瑛一郎さんが結婚するってことが会社で話題になっていて、瑛一郎さんの隣にも会社にも私の居場所がないんだってわかって……私、もう」

琴音は唇を固く結んだ。泣きたい気持ちをぐっとこらえて言葉を続ける。

「本当にもういいんです。四年間、一生懸命働いてきたのに、私の言葉より密告メールのほうを信じる会社なんて、こっちだってお断り……」

琴音は声が震えて口をつぐんだ。伊織にいたわるように見つめられ、笑顔を作ろうと口角を引き上げた。伊織は息を吐き出し、珠希に向き直る。

「わかった。塚口さんが困っているのなら力になる」

「よかった！　伊織くんならそう言ってくれると思ってたのよね」

珠希が大きく頷き、伊織は念を押すように言う。

「ただし、今回だけだ」

珠希は口の端に笑みを浮かべた。

「それは残念。それはそうと、あなたたち、カップルとして仕事をするんだから、もう敬語で話をするのはやめて。それから、連絡先を交換して、依頼人が来るまでにもっと打ち解けておいてちょうだい。ほら、あと十五分で依頼人が来るわ。早く」

珠希に急かされ、琴音と伊織は応接室に入った。珠希が応接室を出ていき、琴音は伊織を見る。

「じゃあ……とりあえず電話番号を交換します？」

「そうだね」

伊織はジャケットのポケットから黒いスマホを取り出した。ふたりでソファに座って電話番号を交換し、メッセージアプリでメッセージをやり取りできるように設定する。

こんなシチュエーションは久しぶりだ。琴音は少し嬉しくなって言う。

「伊織さん、試しにメッセージを送りますね」

指先で操作して、伊織にメッセージを打ち込む。

『伊織さん、改めまして塚口琴音です。よろしくお願いいたします』

送信ボタンをタップすると、すぐに伊織のスマホが小さな電子音を立てた。伊織はメッセージを読んで口元を緩め、スマホを操作する。しばらくして琴音のスマホに伊織からのメッセージが表示された。

『葉山伊織です。こちらこそよろしくお願いします。カップルの代行ということだから、敬語はやめましょう。と言いつつ、なかなか慣れません』

琴音はクスッと笑ってメッセージを送る。

『ホントですね。私も頑張ります。とりあえず自己紹介しますね。あ、じゃなくて、自己紹介するね。京都生まれ、大阪育ちの二十五歳。趣味は読書と散歩、それにおいしいものを食べること。あ、写真を撮るのも好きです。三歳年下の弟がひとりいます』

『俺は来月三十歳になります。兄はご存知のとおり、ここの所長。趣味は……最近は趣味らしいことはしてないけど、ドライブかな。俺も食べることが好きだ。仕事の延長だね』

琴音が返信しようとしたとき、開いたままの応接室のドアが軽くノックされた。顔を上げると凌太が立っている。

「静かだと思ったら、なにやってんの？」

「アプリで会話してるんです」

琴音の答えを聞いて凌太は苦笑した。

「まどろっこしいな。依頼人が来たぞ」

琴音はスマホをバッグに、伊織はポケットに入れて立ち上がった。珠希がひとりの男性を応接室に案内し、ふたりに紹介する。

「依頼人の滝本純（たきもとじゅん）さんです」

「滝本です。よろしくお願いいたします」

純は礼儀正しく頭を下げた。伊織と同じくらい背が高く、白いシャツとベージュのジャケット、黒のパンツという格好だ。琴音と伊織を見て、人当たりのよさそうな笑みを浮かべた。

「こちらのふたりが、今回、友達カップルを務める塚口琴音と葉山伊織です」

「よろしくお願いします」

珠希に紹介され、琴音と伊織はお辞儀をした。

「今回は無理なお願いをして申し訳ありません」

純は再び頭を下げた。

琴音は彼の整った顔を見ながら意外に思った。デートに自信がなくて友達カップルの代行を頼むほどだから、女性慣れしていない、どちらかというとさえない男性を想像していたからだ。

「どうぞおかけください」

珠希が言って、三人はソファに腰を下ろした。珠希は純の隣に座って説明をはじめる。

「滝本さんの恋人は光友明日香（みつともあすか）さんとおっしゃいます。現在二十五歳。光友さんがコスプレがお好きだそうで、今週の土曜日に開催されるコスプレイベントに一緒に参加してほしいということでしたね」

純が頷いて口を開く。

「はい。大阪南港のアジア太平洋トレードセンター、つまりATCで、ジャンルを問わないオールジャンル・コスプレフェスタが開催されるんです。彼女がそれにどうしても参加したいと言うので……」

純ははにかみながら話を続ける。

「そういうイベントでのデートは初めてで、僕ひとりだと気後れしてなにか失敗しそうで。おふたりには僕の友達カップルということで、気楽な気持ちで参加してほしいんです。同じ衣装にしてもらえれば僕も心強いので、僕と彼女と同じ衣装を用意しようと思いますが、構いませんか？」

こちらで衣装を用意しないで済むのなら、そっちのほうが好都合だ。とはいえ、どんな衣装なのかは気になる。

露出の高いのや、奇抜なのは遠慮したい。そう思う琴音の横で、伊織が口を開く。

「どんな衣装をお考えですか？」

「〝魔法ガール〟って大ヒットアニメがあるんですが、ご存知ですか？」

純に訊かれて、琴音は伊織を見た。彼が首を横に振り、琴音は「いいえ」と返事をした。

純が白いスマホをポケットから出して操作しながら言う。

「彼女はそのコスプレをしたいらしくて。塚口さんには主人公の魔法ガールの、葉山さんには彼女を助けるプリンスのコスプレをお願いします」

純がスマホをふたりのほうに向けた。液晶画面には、インターネットで検索したアニメの画像が表示されていて、見た瞬間、琴音はぽかんと口を開けた。隣では伊織も戸惑った顔をしている。

それもそのはず。魔法ガールの主人公は中学二年生の女の子ふたりという設定だ。ふたりともこれでもかというくらいリボンとフリルたっぷりの膝丈ワンピースを着て、三角帽子に編み上げブーツを履いている。違うのはコスチュームと髪の色だけだ。ブロンドの巻き毛の女の子はピンクの、プラチナブロンドの女の子は紫色のワンピースで、手に持っているのはおなじみのホウキ。プリンスはひとりだけで、光沢のある紺色のチュニックに白いズボンとブーツ、羽飾りのついたつばの広い帽子と黒いマントという恰好だ。
ホ、ホントにこんな恰好をするの……？　琴音は窺うように純を見た。彼は安心させるように微笑む。

「大丈夫ですよ。まわりも同じようなコスプレイヤーでいっぱいですから」

「そ、そうなんですか」

「抵抗ありますか？」

純に訊かれて、琴音は返答に困った。

あります、などと正直に答えちゃダメだろう。だが、万が一、知り合いに会ったらどうしたらいいのか。琴音の不安に気づいたのか、純がスマホを操作して、過去にイベントに参加したコスプレイヤーの写真を表示させた。

「しっかりメイクをすれば、ほとんど誰だかわからなくなるようですよ」

純がスマホを琴音に向け、琴音は画面を覗き込んで驚いた。映っているのは二次元の世界そのもので、どのコスプレイヤーもアニメの登場人物そのもののように見える。

「当日は明日香に塚口さんのメイクを手伝うように言っておきましょうか？」

「そ、そうですね。そうしていただけると心強いです」

自分で中途半端なメイクをするよりも、コスプレ好きの明日香にがっつりメイクをしてもらうほうが周囲を気にせずにいられそうだ。

「葉山さんは……帽子で顔が隠れますから」

純に言われて、伊織は「大丈夫です」と低い声で返事をした。琴音がチラリと見ると、伊織は唇を引き結んで複雑そうな表情をしている。決して明るい表情ではないが、初めてイル・クオーレで見たときの表情のなさを考えると、大きな変化だ。

とはいえ、魔法ガールの画像を見ると、やっぱり琴音も複雑な気持ちになる。アラサーでこんな恰好をしても大丈夫なのだろうか。琴音はその不安が顔に出ないよう、笑みを作った。

＊＊＊

土曜日、琴音と伊織は十二時にエージェント・エスで純と落ちあい、彼のＳＵＶで大阪南港にある複合型商業施設、ＡＴＣに向かった。走り出してすぐに、純が運転席の後ろの伊織に話しかける。

「葉山さんは僕の大学時代の友人で、同じ理工学部に通っていたという設定でお願いします」

「わかりました。ほかにも、友人として最低限知っておくべき滝本さんのことを教えてください」

伊織に言われて、純はバックミラー越しにチラッと後ろを見てから口を開く。

「僕は……滝本技術工業という父の会社で働いています。主に工業用樹脂の加工をやっています。まあ、小さな町工場ですね。で、明日香は……光友商事の社長のひとり娘です」

純の言葉を聞いて、琴音は「あ」と小さく声を上げた。

「光友商事って、建設・不動産からインターネット、衣料品・食料品まで幅広く事業を展開しているあの大企業の……？」

「そうです」

純の答えを聞いて、琴音は小さく首を横に振った。明日香がそんな大企業の社長令嬢だとは思ってもみなかった。

「滝本さんと光友さんはどういうきっかけで付き合うことになったんですか？」

ふたりのデートをうまくサポートするため、というのと、純粋な興味もあって、琴音は訊いた。

「僕と明日香は、図書館で子供向けの読み聞かせボランティアをしていて知り合ったんです。明日香は外見は清楚で大人しそうで、いかにもお嬢様って感じでした。最初、こんな女性に小さい子の相手なんかできるんだろうかって疑問に思ったんです。でも、子供に囲まれているときの彼女ときたら……」

純は思い出し笑いをして、「すみません」と咳払いをして続ける。

「あんなに感情を込めて本を読むなんて意外でした。嬉しいセリフは心底嬉しそうに、怖いシーンではびっくりするくらい怖い顔を作って恐ろしげな声を出して読むんです。本当にすごく上手で、子供たちはみんな彼女の読み聞かせを楽しみにするようになりました。気づいたら僕も……彼女に会えるのが楽しみになっていて」

「そうだったんですか」

「はい。でも、ボランティア活動がやりにくくなると思って、なかなか気持ちを伝えられずにいたんですが……先月思い切って食事に誘って、そのときに告白しました」

　純の言葉を聞きながら、琴音は瑛一郎と付き合いはじめたばかりの頃を思い出した。

　琴音も瑛一郎に食事に誘われたのがきっかけで付き合うようになった。付き合いはじめの頃は、本当に幸せだった。気持ちが通じ合ったときなど、世界で一番自分が幸せなんだと思ったものだ。

　それなのに、と思うとほろ苦い気持ちになり、琴音は窓の外に目を向けた。阪神高速を走るたくさんの車を眺めて気を紛らわせてから、また純に声をかける。

「好きな食べ物や好きな色、よく聴く音楽とかも教えてもらえますか？」

「ああ、そういう情報も必要だね」

　隣で伊織が呟いた。〝すみれ〟の代行を引き受けたとき、伊織のことを聞いていなかったため、花恵の前で慌ててしまった。今回はそういうことがないように、あらかじめ純のことを詳しく訊いておこうと思ったのだ。

「好きな食べ物はハンバーガーです。好きな色は青です。音楽は、Ｊポップをよく聴きますね……」

　そうして純と話しているうちに、目的地が近づいてきた。高速道路を降りてほどなく、施設の地下駐車場に到着した。腕時計を見ると、エージェント・エスを出てから一時間が経っている。

　琴音は車を降りて伸びをした。

「疲れましたか？」

純に訊かれて、琴音は答える。

「いいえ。滝本さんのほうこそ、運転お疲れだったんじゃないですか？」

「大丈夫です。これからのことを思って緊張していますから、疲れを感じる暇なんてないです。ここからは塚口さんのことは塚口さんと呼びますが、葉山さんのことは伊織と呼び捨てにさせていただきますね」

純が琴音から伊織へと視線を動かしながら言った。

「はい」

「わかりました」

琴音と伊織が順番に返事をした。純はトランクを開けて黒のキャリーバッグを下ろす。

「明日香とは会場の受付前で待ち合わせています」

純は車をロックしてキャリーバッグを引きながら歩き出した。彼に続いて琴音と伊織も並んで歩き、受付へと通じるエレベーターに乗り込んだ。周囲には十代から二十代くらいの男女が数人いて、中には小学生の女の子を連れた母親と思しき女性の姿もある。

受付のある十二階で降りると、さらに大勢の人がいた。同年代の女性グループを見つけて、琴音は少しほっとした。

純は辺りを見まわし、すぐに手を振ってひとりの女性に近づいた。その女性は背格好こそ琴音によく似ているが、物腰に品があり、清楚でいかにも社長令嬢といった雰囲気だ。

彼女も純と同じような黒いキャリーバッグを引きながら、純に連れられて琴音と伊織に近づいた。

「彼女が光友明日香です。明日香、こちらは友達の葉山伊織とその彼女の塚口琴音さん」

純が三人を紹介した。

「葉山です。今日はお会いできるのを楽しみにしていました」

伊織が明日香に話しかけ、琴音は会釈をした。

「初めまして。ダブルデートなんて初めてでドキドキしています。今日はよろしくお願いします」

明日香が言ってふわりと笑みを浮かべた。彼女のまわりだけパッと花が咲いたように見え、そのあまりの可憐さに、琴音は思わず両手を頬に当てた。なんて可愛い人なんだろう。

「どうしたの？」

伊織に小声で訊かれて、琴音は頬を染めながらも首を横に振った。

「なんでもない」

「じゃあ、受付をしましょう」

純が明日香と一緒に受付前の列に並んだ。琴音と伊織もふたりに続く。純がまとめて参加料を払って受付を済ませた。

「着替えたら休憩コーナーで会いましょう」

純が言って伊織を促し、男性更衣室に向かった。

「私たちも行きましょう」

明日香に言われて、琴音は彼女と並んで女性更衣室のほうへ進む。

「琴音さんってお呼びしてもいいですか？」

「あ、はい。あの、私も明日香さんって呼んでもいいですか？」

「ええ、もちろんです。伊織さんと琴音さんに会えるのを楽しみにしていたんですよ」

明日香はにっこりと微笑んだ。その笑みに、琴音は親近感が湧いてくるのを感じる。お嬢様だけれど、ぜんぜんお高くとまっていない。気さくそうな人でよかったと思った。

「琴音さんはこういうイベントは初めてだってお聞きしました」

「はい。実はちょっと緊張しています。明日香さんはよく来られるんですよね？」

「よく……というほどではないんですけど」

明日香が答えながら更衣室のドアを開けた。ドアの先には目隠し代わりの衝立があり、そこをまわり込むと、普段は会議室として使われているらしい広い部屋があった。すでに三十人くらいの女性の姿があり、着替えたりメイクをしたりしている。

明日香は空いていた長机の上にキャリーバッグを載せてファスナーを開けた。

「コスチューム、とっても可愛いんですよ」

明日香がバッグの中身を取り出した。彼女が両手に持って広げたのは、打ち合わせのときに純に見せられた魔法ガールのふりふりワンピースそのものだ。明日香が帽子やブーツを次々に取り出し、コスチュームが全て揃っていることに、琴音は目を丸くする。

「こ、こんなによく揃いましたね」

「こういうのを専門に扱っているショップがあるんですよ」

「それは知りませんでした」

まだ驚きから醒めない琴音に、明日香は大きなポーチを取り出しながら言う。

「〝魔法ガール〟になりきれるようなメイクをしますね」

「あ、は、はい。よろしくお願いします」

「まずは着替えましょうか」

明日香にコスチュームを渡され、琴音は着てきたブラウスとスカートを脱いで、ワンピースに着替えた。光沢のある紫色の膝丈ワンピースは、小さな女の子が好きそうなボリュームたっぷりのものだ。

こんな洋服を着たのは、七五三の前にドレスをレンタルして写真館で撮影してもらったとき以来じゃないだろうか。気恥ずかしさ半分、戸惑い半分で編み上げブーツを履き、セミロングの髪を隠しながらプラチナブロンドのウィッグをかぶった。ウィッグは背中の中程まであり、緩やかにカールしている。

「やっぱりとっても可愛いです！」

明日香が嬉しそうに笑って手を合わせた。

「ホ、ホントですか？」

「ええ、思ったとおり、サイズもぴったり！　次はメイクをしますね」

　明日香は琴音にパイプ椅子を勧めた。琴音が座り、明日香はポーチを開けて舞台用のファンデーションやブラシなどの小物を取り出した。そして真剣な表情で琴音にメイクを施していく。

「魔法ガールは肌が白いので、少し白めのファンデーションを使いますね」

「え、あ、はい」

　顔が白浮きしたらどうするのだろう……。そんな不安を覚えつつも、明日香の一生懸命な表情を見て琴音は黙ってされるがままになっていた。頬に触れるフェイスブラシや唇を撫でるリップブラシの感触がくすぐったい。笑いそうになるのを一生懸命こらえているうちに、明日香がメイクを終えて手を止めた。

「できました」

　明日香が琴音に折りたたみ式のスタンドミラーを手渡した。覗き込んだ琴音は驚いて声を上げる。

「えええっ、嘘みたい！　すごい！」

　本当ならありえない場所に二重のラインが引かれているが、しっかり塗られたファンデーションのせいか明日香の腕のおかげか、画像で見たような二次元の女の子が鏡の中にいた。塚口琴音の面影はどこにもない。

「信じられない！　完全にアニメの女の子になってる！」

　琴音は鏡を動かしながら言った。そんな琴音を見て明日香は微笑みながら言う。

「どうしたら本物のようになれるのか、ベテランのレイヤーさんに教えてもらったりして、研究したんですよ」

「レイヤーさん？」

琴音は手を止めて明日香を見た。

「コスプレをする人のことをコスプレイヤーって言うんですけど、それを省略した言い方です」

「なるほど」

琴音はまた鏡を見た。

自分では到底こんなメイクはできない。そう思いながらも、鏡に映っている魔法ガールを見ているうちに、大胆なことができそうな気持ちになってくる。

「なんだかワクワクしてきました」

「別人になれたらきっと楽しいだろうなって思っていたんです」

明日香は言って、琴音からスタンドミラーを受け取り、それに顔を映してメイクをはじめた。魔法ガールへと変身していく明日香の顔を見ながら、琴音は考える。

明日香は社長令嬢だ。世間体もあるだろうし、簡単に羽目を外すことなどできないのだろう。だから、〝別人になれたらきっと楽しいだろう〟と思うのかもしれない。

更衣室に姿見を見つけて、琴音はそこに近づいた。膝丈のワンピースは最初、恥ずかしいと思ったが、ここまでしっかりメイクをされると、誰も自分の正体に気づかないだろう。

瑛一郎だって琴音だとわからないに違いない。そんなことを考えた瞬間、鏡の中の〝魔法ガール〟の表情が曇った。

これは、仕事なんだから、泣いてなんかいられない。気を引き締めて振り返ったとき、明日香が俯いてポーチを片づけているのが見えた。

「明日香さん、メイク終わりました？」

琴音が声をかけると、明日香がスーツケースを閉めて顔を上げた。そこにも同じ〝魔法ガール〟の姿を見つけて、琴音はなんだか嬉しくなる。

「わあ、同じ顔だ！」

「お待たせしました。ふたりの〝魔法ガール〟の誕生です」

「双子みたい」

「ふふ、うまくできたでしょう？　あとは帽子をかぶれば完璧です」

明日香が琴音の頭に大きな三角帽子をかぶせ、同じように自分もかぶった。

「貴重品は腰に留めているポケットポーチに入れてください。本物の魔法ガールは戦いで使うアイテムを入れるんですけど」

明日香が言って、移動ポケットとも呼ばれる外付けのポケットポーチを示した。琴音は財布とスマホ、それにハンディタオルを入れた。

「行きましょう。純さんたちもそろそろ準備が終わったんじゃないかしら」

明日香に手を差し出され、琴音はワクワクしながらその手を握った。手を繋いで更衣室を出て、休憩所に向かう。入り口付近の丸テーブルにふたりのプリンスの姿を見つけて、琴音は手を振った。

琴音たちに気づいて、ふたりのプリンスが立ち上がった。光沢のあるチュニックとズボン、ブーツ、マントを身につけていて、アニメのプリンスそのものだ。アニメと違うのは、ベルトに小物入れがついているところだけだ。伊織と純は背格好が似ている上に、しっかりファンデーションを塗ってメイクをしている。金髪のウィッグと大きな羽根つきの帽子をかぶっていて、一見するとどちらがどちらかわからない。ふたりともなかなか決まっていて、かっこいい。

琴音がふたりをじいっと見つめていると、左側のプリンスが居心地悪そうに目を泳がせた。それに気づいて琴音は口元を緩めた。

「さて、問題です。どっちが私でしょう⁉」

琴音が左側のプリンスに話しかけ、プリンスが微笑んだ。

「そう訊いた時点でキミが琴音さんだってわかったよ」

「だよね」

琴音は笑って小さく舌を出し、右側のプリンス、つまり純に話しかける。

「純さんもメイク上手ですね～」

「今日のために研究しました」

純が真剣な面持ちで言った。

明日香がコスプレ好きだから努力したのだろう。好きな人のことを少しでも知りたい、好きな人にもっと近づきたい。そう思うのは恋をしている人間なら誰でも同じだ。琴音はますます純を応援してあげたくなった。明日香とのコスプレデート、絶対に成功させようと思う。

琴音が決意を新たにしている横で、純が施設マップを広げた。

「施設に入っている飲食店内での撮影は禁止ですが、イベント広場や海辺のスペースでは撮影できるようですね。普段は入れない非常階段や地下通路は専用貸し切り撮影エリアになっているみたいです」

撮影、という言葉を聞いて、伊織の写真を撮ってみたいと琴音は顔を輝かせた。

琴音が伊織をチラリと見たとき、純が口を開く。

「じゃあ、準備もできたことですし、さっそく行きましょうか」

「あ、はい」

純と明日香が並んで歩き出し、伊織と琴音も続いた。受付で並んでいた幼稚園児くらいの女の子が、四人を見て声を上げる。

「あ、マジック・アメジストだぁ！　あとで一緒に写真撮りたいなぁ」

女の子の手を握っていた母親が笑いながら言う。

「マコちゃんがマジック・ローズクォーツに変身してからね」

琴音は女の子に手を振ってから、小走りで伊織に並んだ。

魔法ガールは女の子ふたりが主人公だ。自分か明日香のどちらかがローズクォーツになってもよかったかもしれない。明日香は紫のほう……マジック・アメジストが好きなのだろうか。

そんなことを思いながら、純と明日香と一緒にエレベーターホールに向かった。赤毛の剣士風の女性、金髪で忍び装束姿の男性など、琴音もなんとなく見たことがあるようなアニメキャラクターのコスチュームを着た人もいれば、なんのコスプレなのか全くわからない人たちもいる。だが、そんな人たちに混じって、チェックのシャツにジーパンといった、普通の服装をした若者の姿もあった。首から一眼レフとネームプレートのようなものを提げている。

「あの人たちはなんのコスプレなんですか?」

琴音がこっそり明日香に訊くと、明日香が彼らのネームプレートを見て答える。

「レイヤーさんの写真を撮影するために参加している方たちです。参加料を払って撮影証を提げていれば、私たちと同じように貸し切りエリアにも入れるんですよ」

よくよく目を凝らすと、彼らのネームプレートには今日の日付と〝撮影証〟という文字が見えた。

エレベーターのドアが開き、琴音たちはほかのコスプレイヤーに押されるようにして乗り込んだ。エレベーターのドアが閉まったとき、琴音はすぐ近くに、サングラスをかけた黒いスーツ姿の男性がふたりいることに気づいた。ふたりとも四十歳前後くらいで、年齢的にも少数派だ。

　なんのコスプレだろう。少年探偵アニメの悪役だろうか？　よく似てる、と琴音が含み笑いをしたとき、エレベーターは三階に到着した。

「ここから非常階段に行きましょう」

　純の提案で、琴音たちはエレベーターを降りて、ほかのコスプレイヤーとともに非常階段に向かった。〝イベント専用特別貸し切りエリア〟と看板が立てられていて、〝特別〟という文字に琴音の胸が躍りはじめる。

　非常階段に出たとたん、十一月中旬のひんやりした空気に包まれた。だが、室内が暑かったため、かえって心地いい。

　明日香がポケットポーチから白いスマホを取り出し、琴音に差し出した。

「琴音さん、写真を撮っていただけますか？」

「いいですよ」

　琴音はスマホを受け取った。明日香は純と一緒に踊り場に下り、純が明日香の肩を抱いた。純はなかなか積極的だ。

　琴音は「撮りますよ～」と声をかけ、撮影ボタンをタップした。

「ありがとうございます」

　明日香が近づいてくるのを、琴音は右手で制する。

「ちょっと待ってください。こっちの角度からも撮ってみたいんです」

琴音はスマホを持ったまま、西側へと移動した。背景を少しぼかすよう、エフェクト機能を操作する。

「撮りま～す！」

そうして撮影してから、次は階段を下りてふたりを手招きする。

「純さん、踊り場に座ってもらえますか？　こんなふうに」

琴音は手で踊り場を示し、純に座るよう合図をした。

「右脚は下に下ろして、左脚は踊り場に乗せたままで……左膝に左肘をついてもらえますか？」

「え、こうですか？」

純が戸惑いながらもポーズを取る。

「いい感じです！　で、明日香さんは一段下に座ってください」

明日香が膝を揃えて純の一段下に座ると、プリンスが魔法ガールを膝の間に座らせているように見える。とても可愛いらしい。

「見つめ合ってください！　そう！　すごくいい感じ！」

琴音は立ったりしゃがんだりして数枚写真を撮ってから、「ありがとうございます」と言って立ち上がった。

「琴音さんは……写真家なんですか？」

明日香が立ち上がりながら戸惑った口調で言い、琴音は小さく舌を出した。

「あっ、すみません。おふたりがすごくステキだったから、ついたくさん撮っちゃいました。ただ写真を撮るのが好きなだけなんです。気に入らなかったら消去してください」

琴音は言いながらふたりに近づき、明日香にスマホを返した。

純が立ち上がって、明日香のスマホを覗き込み、明日香が写真を表示させた。琴音が撮った写真を見て、純が感嘆のため息交じりに呟く。

「すごいな……。スマホで撮ったとは思えないよ。すごくきれいで幻想的に見える」

「こんなにステキに撮ってもらったんだから、消去なんて絶対にしません」

明日香が感動したような声で言い、琴音は照れ笑いを浮かべた。

「そう言ってもらえてよかったです」

「おふたりも撮りましょうか？」

明日香に訊かれて、琴音は上の階段にいる伊織を見上げた。

「私たちも撮ってもらう？」

「いや、いい」

伊織が短く答えた。帽子を深くかぶっている上にメイクもしているので、表情はよくわからないが、嫌がっていることだけはわかる。自分と一緒に撮られるのは嫌なのだろうか。

珠希たちにも見せたかったと琴音は思う。

しかし、琴音自身も写真は撮られるより撮るほうが好きなので、断ることにする。

「私たちはいいです」

「そうなんですか？　とっても似合ってるのに」

明日香が残念そうに言うので、琴音は明るい声を出す。

「でも、私、写真を撮るほうが好きなんです。いつでも撮りますから言ってくださいね！」

「ありがとうございます。次は海のほうに行ってみましょう」

純が言って階段を下りはじめた。明日香、琴音、伊織の順であとに続く。

階段から下りたとき、強い風が吹いて琴音は帽子を押さえた。

「琴音さん、ここでも写真をお願いします」

明日香が琴音にスマホを手渡した。純とふたりでベンチに腰かけたり、フェリーを背景に背中合わせになったりしてポーズを取る。

「ステキ～。いい感じです！」

純もなんだかんだ言って、コスプレを楽しんでいることを琴音は微笑ましく思いながら、写真を数枚撮った。明日香にスマホを返してから、今度は自分のスマホを取り出して伊織に向き直る。

「ね、伊織さん、写真撮らせて」

「嫌だ」

伊織が即答し、琴音は不満の声を上げる。

「私と一緒じゃなくても嫌なの？」

「ひとりでもふたりでも嫌だ」

「自分で言うのもなんだけど、私、写真撮るの、結構うまいんだよ」

琴音はスマホを操作して、撮りためている写真を表示させた。それを伊織のほうに向ける。

「ほら、見てみて」

琴音は公園を散歩中に出会った猫の愛くるしい表情や、青く澄んだ空と美しいコントラストをなすハート型の白い雲、ぼかしを効かせた花壇の花などを、次々に表示させた。

「たしかに……うまいね。琴音さんの毎日はこんなふうに色鮮やかなんだ」

伊織が低い声で言った。琴音は胸を張る。

「このスマホはスペック重視で買ったから」

「それでも、スマホでこんなにきれいに撮れるなんてすごいな」

「でしょ？　伊織さんもとびっきりイケメンに撮ってあげる！」

琴音は嬉々として言ったが、伊織は断固として言う。

「絶対に嫌だ」

「どうして？　写真写りが悪いとか？」

「そういうわけじゃない」

「じゃあ、いいじゃない。瀬川さんや凌太さんにも見せてあげたいし！」

「だから嫌なんだ」

伊織が言ってさっさと歩き出し、琴音はなるほど、と思った。伊織はあのふたりにからかわれるのが嫌なのだ。そんな伊織の困った顔を、見てみたい気もするのだけれど。

琴音はクスリと笑ってスマホをポケットポーチに戻した。伊織はもうヤシの木が並ぶ広場に向かっている。今日はコスプレイヤーの姿が多く見られるが、イベント参加者ではないカップルや家族連れも多い。

瑛一郎とも何度か一緒に来たことを思い出し、琴音はふと足を止めて海を眺めた。深い紺色の海は穏やかで、午後の光が水面でキラキラと踊っている。

『どのくらい深いんだろうね』

瑛一郎が海を覗き込もうとするので、琴音は後ろから慌てて彼の腕を引っ張ったことがあった。

そのときのことを思い出して、鼻の奥がつんと痛んだ。

もう忘れなければ。琴音は目をギュッとつぶって、視界から瑛一郎の幻影を追い出した。目を開けると、数秒前と同じ、静かな海しか見えない。そのことにほっとして三人の姿を探す。少し先で伊織が同じように海を見ている姿が目に入った。もの思いにふけるその横顔は、一服の絵画のようにも見える。

この姿を写真に残さないなんてもったいない。珠希たちに見せなければいいだろう。琴音はこっそりスマホを取り出し、撮影モードにして伊織の写真を撮った。

すみれのことを想っているのだろうか。スマホに映った伊織の陰りを帯びた横顔は、見ていて切なくなる。ギャラリーを閉じてスマホを下ろしたとき、足音がして純が近づいてきた。

「次は地下通路に行ってみましょう。廃墟風で雰囲気がいいらしいです」

「わかりました」

琴音が伊織を呼びに行こうとするより早く、明日香が伊織に近づき彼の腕を取った。

明日香の間違いに気づき、琴音が驚いて声をかけようとするより早く、純が琴音の背中に軽く手をまわした。

「ほら、行きましょう」

「え、あ、はい」

琴音は戸惑いながらも、純に促されて建物の横手へと向かった。周囲ではさまざまな恰好のレイヤーたちがいて、お互いに写真を撮り合ったり名刺を交換したりしている。もはや年齢も性別もわからない。彼らの姿を見ながら、きっと自分たちも周囲の人からすればそう見えるんだろうな、とぼんやりと思った。

「ほら、ここです」

純の声がして、琴音は視線を前に向けた。そこはフェリー乗り場の近くで、ひとけの少ない場所に片側だけ開かれたスチール製のドアがあった。中はコンクリートがむき出しの通路になっていて、薄暗く空気がひんやりとしている。

「本当に廃墟風ね」

明日香がワクワクしたような声で言い、伊織の腕から手を離して通路を歩きはじめた。編み上げブーツのヒールがコツコツと響き、そこに伊織と純のブーツの靴音が交じる。奥のほうで誰かの話し声がするが、反響しているのでなにを話しているのかわからない。通路の隅には水が溜まっていて、ところどころに積まれたコンクリートのブロックやパイプなどがもの寂しげな雰囲気だ。少し怖いような気がする。

誰かが写真を撮っているのだろう、時折前方でフラッシュが光る。

「琴音さん、しばらくスマホを預かっててくれませんか？　たくさん写真を撮ってほしいので」

明日香が振り返って琴音にスマホを差し出した。

「いいですよ」

琴音は受け取ってポケットポーチに入れた。

明日香が真顔になって言う。

「今日は私たちのデートに付き合ってくださって、本当にありがとうございました」

「どうしたんですか、急に改まって」

琴音は瞬きをして明日香を見た。明日香は薄闇の中、淡く微笑んだ。

琴音は明日香を安心させるように笑顔を作る。

「私もすごく楽しんでるので、気にしないでくださいね。あとは伊織さんが写真を撮らせてくれたら言うことないんですけど」

琴音がチラッと視線を向けると、伊織がふっと目を逸らした。

「伊織さんって照れ屋なんですね」

「照れ屋というか……私が写真を撮ってお兄さんたちに見せるんじゃないかって警戒してるみたいです。私、そんなことしないのに」

琴音は不満顔で言った。明日香はふふっと笑みを零し、純の手を取った。

「ね、奥に行ってみましょう」

「そうだね」

ふたりでギュッと手を握り合い、暗がりへと歩いていく。

ふたりきりの時間も必要だ。そんなことを思いながら、琴音はふたりの姿を見送った。

＊＊＊

「私たちに友達カップルの代行を頼むくらい不安がってたけど、純さんもコスプレデートを楽しんでるみたいだよね」

琴音は積まれたブロックの上に座って、脚をぶらぶらさせながら言った。

「そうだね」

伊織は言ってブロックに浅く腰かけた。そのとき楽しげな話し声がして、琴音と伊織の前をふたりの女性が通り過ぎる。ふたりとも胸元を強調したチャイナドレス風の戦闘服を着ていて、大きく入ったスリットから太ももが丸見えだ。

その大胆さにドギマギしながらも、琴音は目が釘付けになった。ここまで思い切った露出ができることが、少しうらやましくなる。

「ああやってアニメやゲームのキャラになりきったら、きっと全く別人のような気持ちになれるんだよね……」

琴音の呟きを聞いて、伊織が女性ふたりの背中に視線を送った。

「別人になってみたい？」

「なれたらいいなって思う。もっとわがままになって、絶対に譲りたくないものから手を離したくないって言えばよかった」

琴音はそう言いながらも、そんなわがままを通そうとすればするだけ、自分が惨めになるであろうことは頭のどこかでわかっていた。瑛一郎に別れたくないと泣いてすがっても、彼は応じなかっただろう。

「琴音さん……」

伊織に気づかわしげに見つめられ、琴音は慌てて明るい声を出す。

「そんなことより！　すっかり別人に見える伊織さん！　写真、撮らせて〜っ」

「いきなりだね」

伊織が警戒するような表情になった。

「いきなりじゃないよ〜。ずっと思ってたもん！」

「もう諦めてくれたと思ってたのに」

「瀬川さんたちには見せないから、お願い」

琴音は言いながらポケットポーチを開けた。だが、明日香のスマホを見つけてハッとする。

「どうしよう、明日香さんにたくさん写真を撮ってほしいって言われてスマホを預かってたのに、ぜんぜん撮ってあげてない！」

琴音がブロックから飛び降りたとき、通路の奥からマジック・アメジストが歩いてきた。

「あ、明日香さん！」

琴音は手を振りながら声をかけたが、そのマジック・アメジストは琴音の前を素通りしていった。

「あれぇ、明日香さんじゃなかったんだ」

明日香なら純と一緒のはずだ。琴音は人違いをしたことが恥ずかしくなって照れ笑いを浮かべた。

「私、ちょっと探してくる」

「俺も行くよ」

伊織が立ち上がろうとするのを琴音は制する。

「入れ違いになったらいけないし、伊織さんはここで待ってて」

「わかった」

伊織が頷き、琴音は通路を急ぎ足で奥へと進んだ。途中でセーラー服の戦士や海賊、マスクをかぶった王子など、何人かのコスプレイヤーとすれ違ったが、明日香と純の姿はない。ついに行き止まりに来てしまい、琴音は首を捻った。

ほかに出口や通路はあっただろうか。キョロキョロしながら通路を戻る。途中で写真を撮っている学生服の集団と出会ったが、テレビアニメ化された電子コミックのキャラに扮した女性たちだった。

伊織のところに戻ってきているだろうか、と思ったが、伊織はひとりでブロックに座っていた。

「明日香さんたちは？」

伊織に問われて、琴音は首を横に振った。

「奥にはいなかったんだけど……こっちには来てないの？」

「ああ」

「おかしいなぁ……」

「今度は俺が見てくるよ。琴音さんは座って待ってて」

伊織が立ち上がったので、琴音はブロックに腰を下ろした。

まさか大の大人がふたりで迷子……なんてことはないだろうし。自分が気づかなかった通路や出口があったのだろうか。琴音が座ったまま膝で頬杖をついて待っていると、奥のほうから話し声が聞こえてきた。パッと顔を向けたが、黒い戦闘服姿の男性グループだった。

伊織はいったいどうしたのだろう。珠希に電話をすることも考えたが、ただふたりとはぐれただけなのに、大げさだと言われるかもしれない。純の携帯番号を訊いておけばよかった、と思ったとき、プリンスがひとり戻ってきた。

「伊織さん……だよね？」

琴音の問いかけにプリンスが頷く。

「明日香さんたち、いなかったんだ」

「ああ」

「じゃあ、先に出ちゃったのかな？」

琴音は出口の方向を見た。

「そうかもしれない。いったん出てみよう」

伊織に言われて、琴音はブロックから下りた。すぐに出口に到着したが、外はすでに日が暮れて暗くなっていた。照明はところどころにしかなく、人通りも少なくてわけもなく不安になる。スマホで時刻を見ると五時五十八分だった。

「伊織さん、純さんの携帯番号、知ってる？」

「ああ。電話してみるよ」

伊織がベルトの小物入れを開けてスマホを取り出した。純の番号を呼び出したが、しばらくして首を横に振る。

「呼び出し音は鳴るんだけど、出ない」

「私、もう一度中を見てくる」

琴音が通路に戻ろうとしたとき、目の前にふたりの男性が立ちふさがった。サングラスに黒いスーツというういでたちの背の高いふたり組だ。どこかで見たような……と琴音が首を傾げたとき、ひとりの男性が口を開いた。

「お嬢様、時間です」

「え？」

ひとりの黒スーツが一歩踏み出し、琴音は一歩後ずさった。だが、もうひとりの黒スーツに背後にまわり込まれ、身動きが取れなくなる。

「明日香お嬢様、さあ帰りましょう」

目の前の黒スーツに言われ、琴音は眉を寄せた。

この人たちは、明日香のボディーガードかなにかだろうか。琴音を明日香と間違えているようだ。

そのとき、伊織が琴音を背中でかばうように彼女の前に体を割り込ませた。

「あなた方はいったいなんなんです？」

「わかってるだろう。おまえとお嬢様じゃ住む世界が違いすぎるんだ。いいかげん、立場をわきまえろ」

目の前の黒スーツが伊織の肩を掴んで脇へ押しやろうとした。だが、伊織はその場を動かない。黒スーツが視線で合図をした直後、背後の黒スーツが伊織の右腕をねじり上げ、伊織は痛みに顔を歪めた。

黒スーツは威圧的な口調で琴音に言う。

「これ以上この男と一緒に過ごすことはお父様が望まれていません。本当ならお許しにならないところを、ご友人と一緒だから六時までなら、と許可されたのをお忘れですか」

それを聞いて、琴音はふと思った。明日香の父親は、明日香と純が付き合うことに反対なのだ。

「お嬢様から離れろ」

伊織の腕をねじり上げていた黒スーツが、伊織を乱暴に押しやった。伊織が痛そうに肩を押さえるのを見て、琴音は怒りが湧き上がってくるのを感じた。

なんて横暴で乱暴なのだ。人違いだと文句を言おうとして、あることが頭をよぎった。

純がなぜこんな手の込んだことをしたのか――背格好の近いカップルをリクエストして同じ衣装を用意したのか――気づいたのだ。

明日香と純は身代わりがほしかったのだ。そうしなければふたりは結ばれないから……。

琴音の目に熱いものがにじみ、それと同時に、叶う可能性のある想いなら叶えてあげたい、という気持ちが強く込み上げてきた。

琴音はしおらしく視線を落としつつ、チャンスを窺う。黒スーツが「行きましょう」と体の向きを変えた瞬間、パッと走り出した。

「あっ、お嬢様！」

背後で黒スーツが驚いた声を上げた。琴音はブーツの脚を懸命に動かして走ったが、すぐに背後に靴音が迫ってくる。

できるだけ時間を稼がなければ。コスプレフェスタ専用エリアはコスプレイヤーと撮影証所持者以外立ち入り禁止だったことを思い出し、琴音は非常階段を目指した。だが、非常階段を駆け上がろうとしたとき、背後から腕を摑まれた。

「っ……」

大声を上げれば周囲の助けを得られるかもしれない。だが、声を出せば明日香ではないと気づかれてしまう。琴音は歯を食いしばって手を振りまわした。

「お嬢様！」

けれども、そんなことをしたところで大男ふたりに敵うはずもない。すぐにふたりに両側から腕を摑まれ、半ば引きずられるようにしながら地下駐車場へと連れていかれた。黒い高級外国車の後部座席に押し込まれ、隣にひとりが座った。残りのひとりが運転席にすばやく乗り込み、車を発進させる。

「お嬢様、遅れてはお父様がお怒りになられますよ」

黒スーツが左側から咎めるように言った。琴音は無言で反対側の窓の外を見る。

伊織はどうしただろう。警察に通報しただろうか。それとも、珠希たちに連絡しただろうか。もし、警察に通報したら、大事になっていずれ明日香たちも捜索されてしまう。

どうか後者でありますように、と心の中で祈りながら、琴音は大人しく座っていた。

自動車はやがて大きな橋を渡った。窓から見える案内標識から、大阪市の中心へと向かっているのはわかる。明日香の家はどこにあるのだろう。

なにも考えずに明日香のフリをしてしまったが、いつバレるだろうか、バレたときにどう言い訳すればいいだろうか。そんなことを考えて不安になってきたとき、ポケットポーチの中から短い振動音が聞こえてきた。チラッと左側を見ると、黒スーツも琴音を見ている。琴音は体をドアに寄せ、ポケットポーチを開けた。琴音のスマホに新着メッセージありのライトが点滅している。メッセージは伊織からだ。

『珠希さんに連絡した。大丈夫だからチャンスができ次第、連絡してとのこと』

短いメッセージだったが、伊織と連絡が取れたことにほっとした瞬間、左側から手が伸びてきて、スマホを奪い取られた。

「あっ」

思わず声を上げてしまい、慌てて口をつぐんだ。黒スーツはメッセージを見て忌々しげに言う。

「冗談じゃない。こっちだってクビがかかってるんだ。チャンスなんて作らせませんよ」

黒スーツが自身のポケットにスマホを入れた。返してほしいが声を出すわけにもいかず、琴音は唇を引き結んで窓の外を見た。

珠希に連絡するようメッセージをもらったが、スマホを取り上げられて連絡手段を奪われてしまった。今、琴音のポケットポーチには明日香のスマホが入っているが、珠希の番号はうろ覚えだ。エージェント・エスを検索すれば事務所の電話番号はわかるかもしれないが、明日香のスマホにパスワードが設定されていたら、元も子もない。チャンスなんて果たしてできるのだろうか。

やがて車は幹線道路から離れた。街灯の明かりが少なくなるとともに、琴音の不安は大きくなる。どこをどう走っているのか全くわからない。

車は数回角を曲がって大きな邸宅の前で減速し、シャッターの前で停まった。運転手が窓を開けてインターホンを押し、シャッターが開く。中はコンクリート敷きの広い駐車場になっていて、真っ白な高級外国車が一台駐まっていた。運転席の黒スーツはその隣に駐車し、降りて後部座席のドアを開けた。

「お嬢様、どうぞ」

琴音は一瞬ためらったが、覚悟を決めて車から降りた。すぐ前にドアがあり、運転手がドアを開けて一歩下がったので、琴音は中に入った。広い玄関にはエプロンをつけた六十代くらいの女性がいて、琴音に恭しく（うやうや）お辞儀をする。

「お帰りなさいませ、お嬢様。旦那様がお待ちです」

彼女は家政婦だろうか。琴音は黙ったままブーツを脱いで、廊下に出されていたスリッパに足を入れた。家政婦が歩き出したので、続いて長い廊下を進む。家は洋風の造りで、廊下はワックスをかけたばかりのようにピカピカだ。家政婦は左手奥にある焦げ茶色のドアの前で足を止めた。ノックをしてドアの向こうに声をかける。

「旦那様、お嬢様が戻られました」

「入りなさい」

威厳のある太い声が聞こえて、家政婦は琴音のためにドアを開けた。

琴音はゴクリと唾を飲み込み、思い切って足を踏み入れた。その部屋は書斎のようで、窓を背にして重厚なデスクがあり、六十前後のがっしりした体つきの男性が座っている。少し白髪の交じった髪はまだ豊かで、銀縁のメガネをかけている。彼が白いシャツにゆったりした茶色のカーディガンを着ているのが見えた。

「なにを突っ立っておる」

怒りのこもった口調で言われて、琴音は口ごもりながら声を出す。

「は、はい……」

男性――明日香の父の光友――が太い眉を寄せた。立ち上がってデスクをまわり、琴音の前に立つ。琴音より十センチほど高いだけだが、貫禄ある体格と威圧的な眼光のせいで、思わず後ずさりしたくなった。目を細めて見下ろされ、琴音はゴクリと喉を鳴らす。

「おまえは誰だ」

凄みのある声で問われて、琴音は反射的に姿勢を正した。会って早々バレてしまったことに驚き、額に嫌な汗が浮かぶ。

「鈴木と村田を呼んでこい」

光友が命じ、家政婦が廊下に出てふたりのボディーガードを連れて戻ってきた。ふたりともサングラスを外していて、琴音を守るように両側に立った。

「お呼びでしょうか」

「おまえたちの目は節穴か!?」

光友にいきなり怒鳴られ、ふたりとも戸惑った顔をする。

「旦那様？」

「この女は明日香ではない」

「は？」

ふたりは目を見開き、琴音をじっと見た。琴音は小さく肩をすくめ、右側のボディーガードが光友に言う。

「メイクのせいで別人に見えますが、お嬢様です。スマートフォンのGPS情報で確認いたしました」

「愚か者が！」

光友が大声を上げ、琴音は自分が怒鳴られたわけではないのにビクッと震えた。

「これのどこが明日香に見える？　品のかけらもないではないか！」

（ひ、品のかけらって……）

琴音は思わず目を見開いた。ボディーガードに両側からまじまじと見られ、居心地が悪くなって背中を丸める。

「もう一度訊く。おまえは誰だ」

疑問形ではなく命令口調で言われ、琴音はおそるおそる口を開いた。

「あー……えっと、塚口琴音、と言います……」

「えっ」

左側のボディーガードが信じられないと言いたげな口調で言う。

「お嬢様と同じコスチュームだから……間違えないようにGPSで確認したのに……」

「明日香のスマホを出してもらおう」

光友に言われ、琴音はポケットポーチを開けて、明日香から預かったままのスマホを取り出した。光友が受け取って琴音を睨む。

「明日香と結託して、ふたりを逃がしたのだな！　町工場の工場長の息子ごときが、私の娘に手を出すなど言語道断！」

光友の顔が怒りで赤黒くなった。

やっぱり父親は、あのふたりが付き合うことに反対だったのだ。琴音は純と明日香が駆け落ちしたのだと確信した。

どこまで逃げるつもりなんだろう。どこまで逃げられただろうか。想い合っているんだから、ふたりには幸せになってほしい。琴音は心からそう思った。

「娘はどこだ。今すぐ教えろ」

光友に強い口調で迫られ、琴音は胸の前で小さく両手を挙げる。

「あー……それが私にもわからなくて……。気づいたら私たちも明日香さんたちとはぐれていたんです」

「そんなことを言って時間稼ぎをしているつもりか！」

「本当に知らないんです」

いくら訊かれても知らないのだから答えようがない。知っていたとしても答えるつもりはないのだが、琴音が困った顔を作ったのを見て、光友がデスクの上の電話を指差した。

「ならば、おまえを警察に突き出す」

怒りを湛えた光友の目を見て、琴音は本当に困った。

そんなことになったら、実家に連絡がいってしまう。それだけは避けたい！

「あ、あのっ、本当に私はふたりの行き先を知らないんですけど、も、もしかしたら知ってるかもしれない人がいるので、その人に連絡を取らせてください」

「それも時間稼ぎの一環か？」

光友に言われて、琴音は首を激しく左右に振った。

「ち、違いますっ」

「じゃあ、どこに連絡する気だ？　一緒にいた男か？」

「えっと……」

珠希は『チャンスができ次第、連絡して』と言っていた。とりあえず珠希に連絡しよう。

琴音は左側の黒スーツを見た。

「私のスマホを返してください」

黒スーツは窺うように光友を見た。光友が渋い表情で頷き、黒スーツはポケットから琴音のスマホを取り出した。

「番号を表示させろ。私が話す」

光友が有無を言わせぬ口調で言った。

「あ、でも、私が話したほうが――」

「早くしろ」

琴音は黙って、言われたとおり珠希の携帯番号を表示させた。黒スーツがスマホを光友に渡し、光友が通話ボタンをタップする。

琴音がハラハラしながら見ているうちに珠希と電話がつながったらしく、光友が低い声で問う。

「おまえは誰だ」

珠希のことだから、『そっちが先に名乗りなさいよ』などと言っていそうだ。するとまさにそのとおりだったらしく、光友がいらだたしげに言う。

「光友商事株式会社代表取締役社長の光友公彦(きみひこ)だ」

光友は名乗ってから、右手でボディーガードを手招きした。左側の黒スーツがすばやく光友のデスクに近づく。

「エージェント・エス副所長の瀬川珠希、か」

珠希の返事を光友が確認するようにゆっくり繰り返し、黒スーツがデスクのパソコンになにかを打ち込んだ。操作して耳に当てながら部屋を出る。琴音の右側のボディーガードは黒いスマホを取り出し、操作して耳に当てながら部屋を出る。琴音の右側のボディーガードは黒いスマホを取り出し、操作して耳

琴音は光友を見た。光友はパソコンのモニタを見て、スマホをスピーカー設定にしてデスクに置いた。

「〝あなたに必要な人、手配します!〟か。人材の代理・代行サービス会社を経営しているようだが、うさんくさいやつだな」

『あら、あなたほどじゃないわよ』

スピーカーから珠希がクスッと笑う声が漏れた。

「瀬川さん!」

あまり光友を刺激しないでほしくて、琴音は思わず言葉を挟んだ。珠希のおちついた声が聞こえてくる。

『無事だったのね』

「一応」

『うちのスタッフを不当に拘束するなんてどういうつもりなのかしら』

珠希が光友に向けて言った。

「そっちこそ、私の娘の件にどの程度噛んでいる? 手引きしたのか?」

『噛んでも飲んでもいないわよ』

珠希の言葉を聞いて、光友の額に青筋が立った。

「ふざけるな！」

「瀬川さ〜ん」

琴音は情けない声で呼びかけた。どうかこれ以上、光友を怒らせないでほしい。

『ふざけてなんかいないわよ。今からうちのスタッフを返してもらいに行くからそっちの住所を教えて。それとも、従業員が誘拐されたって通報しましょうか？　連れの男性がスマホで動画を撮影してたから、そちらのナンバープレートはわかってるのよ』

光友は歯を食いしばり、いら立たしげに息を吐いた。

「いいだろう。今から言う住所に来い」

そうして光友は、大阪市阿倍野区の高級住宅街の住所を告げ、一方的に電話を切った。

そのときになってようやく、琴音はここが古くからの高級住宅地、帝塚山の一角なのだと知ったのだった。

＊＊＊

珠希との電話が切れたあと、琴音はこっそりため息をついた。珠希が来てくれるまで一時間はかかるだろう。緊張したまま立っているのも疲れてきた。

「座りたければ座れ」

光友が不機嫌そうに言って、デスクの前に置かれている革張りのソファを顎で示した。

琴音は『ありがとうございます』と言いかけたが、無理矢理連れてこられたのだ。こんな横柄な人にお礼なんて言いたくないと、無言で腰を下ろした。それを見張るように、背後にボディーガードが立つ。

先ほど出ていった黒スーツが戻ってきて光友に近づき、スマホの画面を見せた。光友はそれをしばらく見ていたが、やがてゆっくりデスクをまわって、琴音と向かい合うソファにどっかと腰を下ろした。

「おまえはエージェント・エスのスタッフなのか」

琴音は背もたれから体を起こして答える。

「正式なスタッフ……というわけではありません」

「それなのになぜ滝本の片棒を担いだ？」

「片棒もなにも……こうしてボディーガードの方に強引に連れてこられるまでは、なにが起こったのかもわかりませんでした」

光友は射貫くような目で琴音を見た。その視線が怖くて、琴音は瞬きを繰り返す。

「嘘だな」

光友が言って片方の口角を上げた。

「初めは知らなかったのかもしれないが、おまえはいずれかの時点で滝本の企みに気づいた。だからこそ、無抵抗でここまでついてきたのだろう。違うか？」

　最後は問いかけながらも、光友の表情は確信に満ちていた。光友に嘘は通用しないのかもしれない。そう思って、琴音は正直に答える。

「そのとおり……ですけど」

「なぜそんなことをした？　おまえがさっさと人違いだと言いさえすれば、すぐに明日香を見つけることができたかもしれないのに。なぜ我々の邪魔をした？」

「邪魔をしようとして、黙っていたわけじゃありません」

「それなら、なんのためだ？」

　鋭い目で睨まれたが、琴音は今度は光友の目を見据えて答える。

「好きな人と幸せになれるチャンスがあるのなら、叶えてあげたいって思ったんです」

　とたんに光友が馬鹿にしたような笑みを浮かべた。

「〝幸せ〟の意味などわかっていないくせに」

「好きな人と結ばれることが幸せだってことくらいはわかっています」

「おまえにわかるはずがない。おまえはどう見ても中流階級の出身で、おまけに失業中ときている」

「えっ」

　どうして琴音が失業中だとわかったのだろうか。琴音はおちつかない気持ちになって、目を動かす。光友は黒スーツが持っているスマホをチラッと見た。

「しかるべきところに少し声をかければ、必要な情報はいくらでも手に入る」

黒スーツは琴音のことも調べたようだ。彼のスマホにどこまで琴音の個人情報が表示されているのか。想像して琴音は背筋が寒くなった。

「明日香は私のひとり娘として何不自由なく育った。おまえと明日香じゃ立場が違いすぎる。明日香の幸せがおまえなどの幸せと同じはずがない。あんな……いつ潰れるかもわからん町工場の工場長の息子と一緒になって、今までなんの苦労も知らない明日香が幸せになれるはずがない。工場が潰れれば一家どころか従業員まで路頭に迷う。そんな暗い未来しか待っていない男との結婚を、私が認めるはずがなかろう」

あまりに一方的な物言いに、琴音は抗議の声を上げる。

「滝本さんのお父さんの工場が潰れるかもしれないなんて、どうしてわかるんですかっ？」

光友はなにも答えず、ただ口の端を上げてニヤリとした。そのぞっとするような表情に、琴音の背筋が凍りつく。

きっと、光友自身が潰すつもりなのだ。金と力とコネがある光友には、怖いものなどないのかもしれない。琴音は下唇を噛んで視線を落とした。静かになった部屋に、コチコチと秒針が時を刻む音が響く。部屋の中に視線を走らせると、デスクの上に金色の大きな置時計があるのが見えた。珠希に電話してから三十分が経過している。

光友が立ち上がってデスクに着いた。受話器を持ち上げてボタンをひとつ押す。

「コーヒーとクッキーを」

ほどなくしてドアがノックされ、家政婦がトレイを持って入ってきた。コーヒーカップとクッキーの皿がひとつずつ載っていて、それらをデスクに置く。

「お持ちいたしました」

光友が軽く頷き、家政婦はすぐさま退室した。光友はカップを持ち上げ、コーヒーをゆっくりと飲みはじめた。部屋に漂う芳ばしい香りに琴音の鼻がくすぐられる。

今日は家を出る前にオムライスを作って食べただけだ。一瞬緊張が途切れて空腹を思い出した。光友がクッキーを食べはじめ、琴音はおいしそうに味わう光友から視線を逸らした。

嫌がらせとしか思えない。不安と空腹で目眩がしそうだ。光友がクッキーを食べる音に耳を塞ぎたくなった頃、ようやく屋敷のインターホンが鳴った。

「来たか」

光友が呟き、ほどなくして家政婦が珠希を連れて現れた。珠希はすらりとした白のパンツスーツ姿だ。物怖じせず書斎に入ってきたのを見て、琴音は安堵した。

「うちのスタッフを返してもらうわ」

珠希が光友を正面から見据えて言う。

「まあ、そう急ぐな。私の話を聞いてからでも遅くはないだろう」

光友が尊大な表情でニヤリとした。珠希は『なに？』、と言いたげに小首を傾げて見せる。

「おまえのことは調べさせてもらった」

「でしょうね」

「エージェント・エスというのはちっぽけな会社だな」

「ちっぽけというのは心外ね」

珠希は動じる様子もなく、小さく肩をすくめた。

「今はかろうじて存在しているようだな。だが、私の心情いかんでは、存在そのものを消すことだって造作ないことだ」

「それは脅しね」

珠希がクスッと笑った。琴音はヒヤヒヤしながらふたりのやり取りを見守る。

「私の望みは、滝本とかいう身の程知らずの輩から娘を取り戻すことだ。娘さえ戻ってくれば、エージェント・エスに手出しはせん」

珠希は大げさにため息をついた。

「どうしてこうなったか、考えたことあるの?」

「なんだと?」

「あなたは会社が今の規模に成長するまで、たくさんの障害にぶつかってきたんでしょうね」

珠希がなにを言おうとしているのか見極めようとするかのように、光友は珠希をじっと見た。珠希は話を続ける。

「あなたは障害にぶつかってもくじけなかった。だから、光友商事はあなたの代で急成長を遂げた。その不屈の精神は評価するわ。そして、明日香さんはそんなあなたの娘なのよね」

「そうだ。だからこそ娘を取り戻したいのだ」

「明日香さんはあなたと同じ不屈の精神を持ち、親の七光りに甘んじず、光友商事企画部で二番目の成績を誇る女性」

珠希が強調するように、ゆっくりと言った。

「なにが言いたい？」

光友の表情が険しくなり、珠希は軽く肩をすくめた。

「何事も障害があるほど燃えません？　恋愛の場合はロミオとジュリエット効果っていうのかしら。恋って障害が多いほど盛り上がるらしいわよ。今回、連れ戻せたとしても、そのことがまたふたりの恋を阻む大きな障害になるでしょうね。不屈の精神を持つ女性なら、どうするかしら」

「おまえになにがわかる！　明日香は大切なひとり娘だ」

「そんなことを思っているのは、あなただけかもしれないわよ」

「なに!?」

光友の眼差しが鋭くなった。

「あなたのことはこちらも調べさせてもらったわ。奥さんは七年前、あなたを置いて出て行ったそうね。だから、娘さんだけはなんとしても手元に置いておこうとしているの？　娘の本当の願いを否定するような親を、お嬢さんはどう思っているかしら？　奥さんの二の舞にならないってどうして言える？　あなたが自分で蒔いた種よ」

「生意気を言うな！」

光友はこぶしをデスクに叩きつけた。大きな音に琴音は肩がビクッと震えたが、珠希はひるむ様子もなく言う。

「うちの所長が滝本さんたちを追っています。あなたの出方次第では尾行をやめてもいいし、ふたりに戻るように説得してもいい。警察を頼ってもいいけれど、ことの次第が公になったら、世間は娘さんたちに同情するでしょうね」

光友は苦虫を噛み潰したような顔で黙り込んだ。しばらく視線をデスクに落として考えていたが、やがて顔を上げて珠希を見据える。

「その所長とやらは信用できるのか」

「失礼ね。うちの所長よ。おたくのボディーガードよりよっぽど優秀だわ」

光友がボディーガードに視線を送り、ふたりの男性は俯いた。ボスの前で萎縮する従者は頼りなく見える。

光友は人に頼みごとなどしたことがないのだろう。苦渋の表情で口を開いた。

「娘に戻るよう……説得してくれ」

「お嬢さんだけ説得しても無駄よ」

珠希がぴしゃりと言い、光友は唸るような声を出した。

「説得するならふたりともよ」

「……わかった」

光友はしぶしぶ頷いた。

「だが、娘が戻るまで、おまえたちをここから出さない」

脅すように言われ、珠希は両手を軽く広げた。

「あなたが取り戻したいのは明日香さんだけでしょ？　だから、塚口を置いていくわ。一対一だしいいでしょ」

その言葉を聞いて、琴音は泣きそうな顔で珠希を見た。珠希は自分を迎えに来てくれたのではなかったのか。

ボディーガードが仏頂面でドアを塞ぎ、珠希は光友を見る。

「ここから出られないなら、所長には連絡しない。私がこの家に入ってから十分経っても連絡がなければ、所長には尾行をやめるよう言ってある。それでもいいなら好きにして。残りは……あと二分くらいかしらね」

珠希は腕時計をチラッと見た。光友は無言で右手を振り、ボディーガードたちはドアの前から離れた。

「全く物わかりが悪いってわけでもないのね」

珠希はクスリと笑って琴音に顔を向ける。

「それじゃあ、もう少し頑張って」

「瀬川さ〜ん！」

琴音は情けない声を上げ、珠希は、なんとかなるわよ、というような表情で軽く頷いた。

そうしてボディーガードの間を通ってドアを開ける。ドアが閉まって珠希の姿が見えなくなり、琴音はがっくりと肩を落とした。

＊＊＊

それからどのくらい時間が経っただろうか。緊迫した状況に耐えきれなくなってきたとき、書斎の電話が鳴った。すぐさま光友が受話器を持ち上げる。

「もしもし」

電話の相手の声を聞いて、光友が安堵したように表情を緩めた。

「明日香……」

凌太が説得に成功したらしい。琴音とボディーガードが見守る中、光友はしばらく明日香の話を聞きながら、「いや」「だが、しかし」などと言葉を挟む。

明日香は帰ってきたくないのかもしれない。父と娘はわかり合えないのだろうか。琴音が心配になりはじめたとき、光友がしぶしぶ「わかった」と言って受話器を置いた。

「明日香と滝本が戻ってくる」

光友が不機嫌な顔で言い、ボディーガードふたりは緊張が解けたようなため息を漏らした。

よかった……！　琴音の全身からどっと力が抜けた。自分が解放されることにほっとすると同時に、明日香と純がどうなるのかという不安も湧き上がってくる。

「明日香さんたちのこと……認めてあげてください……」

琴音はおずおずと口を開いた。光友は眉間に深いしわを刻んで問う。

「おまえはなぜふたりの肩を持つ？」

「好きなのに……その気持ちを無理矢理引き裂かれるのは……どうしようもなくつらいから……」

「……私に指図するな」

光友は低い声で言うと、椅子を半回転させて窓の外を見た。琴音の位置から、窓ガラスに映る光友の顔が見える。明かりの加減か、その顔は苦渋に満ちて見えた。

それから一時間ほど経ってインターホンが鳴った。光友がさっと立ち上がって玄関に向かい、そのあとをボディーガードが追った。ひとり残された琴音も当然三人に続く。

「明日香！」

廊下の先には硬い表情をした明日香と純がいた。ふたりともどこかで着替えたのか、明日香はチャコールグレーのコート、純は黒のコートという目立たない服装をしていた。そのふたりの後ろに淩太が立っている。

「明日香、なんてことを」

明日香は光友に冷めた視線を向けてから、琴音を見た。

「琴音さん、巻き込んでしまってごめんなさい。父がこんなことをするなんて思わなくて……。私たちは……ただ時間を稼ぎたかったんです」

「伊織さんにもご迷惑をおかけして申し訳ありません」

明日香と純が同時に頭を下げた。そんなふたりの姿に、琴音は腹立ちよりも切なさを覚えた。ここまでしなければ――そしてここまでしても――ふたりの気持ちは成就しないかもしれないのだ。行き場を失った自分の恋心を思って、琴音の目に熱いものが浮かぶ。

「戻ってきてくれて……ありがとうございます」

琴音が言い、明日香が驚いて顔を上げた。

「どうしてお礼なんか……。私たちはあなたを利用したんですよ。怒らないんですか？」

「あなたが私を必要としてくれたのなら……それで構いません。あんまり……お役に立てなかったかもしれませんが」

琴音の言葉を聞いて、明日香が目を潤ませた。

「いいえ。本当の友達みたいに接してくださって、とても嬉しかったです。写真、宝物にします」

「明日香さん……」

もっと明日香のためにできることはなかったのか。琴音は明日香、純、光友を順に見た。

明日香に視線を戻したとき、明日香が口を開いた。

「こんなに長い間あなたを拘束してしまい、本当に申し訳ありませんでした」

「私のことはいいんです。それより純さんとは……？」

琴音が問いかけ、明日香が淡く微笑んだ。

「あとは……三人で話し合います」

それまで黙っていた凌太が琴音に向かって言う。

「あとは俺たちが口出しできる問題じゃない。琴音ちゃん、行こう」

凌太に促されて、琴音は明日香と純を見た。ふたりが頷き、琴音はブーツに足を入れた。

「コスチュームはクリーニングに出してこちらの住所にお送りしますね」

琴音が明日香に向き直ると、明日香は小さく笑みを浮かべた。

「ご面倒でなければ、塚口さんのほうで処分していただけますか？」

「処分って……」

琴音は目を見開いた。

「今回のために用意しただけなので、もう必要ないんです」

「そうなんですか……。本当にコスプレが好きってわけじゃなかったんですね」

「ええ」

「わかりました。それじゃ、そうさせていただきます」

「ご迷惑をおかけして、本当に申し訳ありません」

明日香はもう一度頭を下げてから、光友に言う。

「お父さんも」

娘に言われて、光友は琴音を正面から見た。彼にとって自分の非を認めるのは相当困難なことだろうが、低い声で謝罪の言葉を述べる。

「迷惑をかけて申し訳なかった」

光友は光友で明日香を大切に思っていたのだ。それを考え、琴音は文句を言うことも非難をすることもせず、ただお辞儀をした。

凌太がドアを開け、琴音は先に外に出た。月の出ていない外は暗く、前庭をほんのりと照らす灯籠の明かりを頼りに歩く。御影石の敷かれた細い道の先に鉄の門扉があり、近づくと自動でゆっくりと横に開いた。ふたりが公道に出ると、背後で門扉が閉まり、ロックがかかるカチリという音が響いた。自由の身になれたことに力が抜け、琴音は大きく息を吐き出す。

「よく頑張った、お疲れ様」

凌太に労い(ねぎら)の言葉をかけられ、琴音は力なく微笑んだ。

「ホントに疲れました」

凌太はポケットから車のリモコンキーを取り出し、歩きながら前方に向けた。少し先の路上に駐まっているＳＵＶのハザードランプが明滅し、自動でエンジンがかかる。

ＳＵＶに向かって歩きながら、琴音はずっと疑問に思っていたことを言葉にする。

「瀬川さんたちはいつから明日香さんたちの本当の目的に気づいてたんですか？」

凌太が後頭部を撫でながら答える。

「んー、最初からだな」

「えっ」

「珠希は歳と身長の近い人をリクエストされた時点で、滝本さんがなにか隠してるなって思ったらしい。で、ふたりの背景情報を調べた。父親はあのとおり頑固で、娘と恋人の交際に反対している。娘のためならなんでもしかねない。だからきっとあのふたりは身代わりを用意して時間稼ぎをし、駆け落ちするつもりなんだろうなって考えた」

「最初からわかってたのに、私たちにはずっと黙ってたってことですか⁉」

琴音はつい責めるような口調になった。凌太は軽く肩をすくめる。

「琴音ちゃんは顔に出やすいから、言わないほうがいいって珠希が判断したんだ」

「もし明日香さんたちがずっと遠くへ行ってしまってたら、どうするつもりだったんですか？」

「そんなことにはならない。なにしろ俺がずっと明日香さんたちふたりを尾行してたんだから」

凌太が自信に満ちた表情でニヤリとした。

（たいした自信家だ）

琴音は呆れたものの、ボディーガードふたりは明日香たちに撒かれたのだ。一方の凌太はふたりを尾行し、説得までしている。実力は伴っているというわけか。さすがは元警察官だ。

「伊織さんは知ってたんですか?」

「伊織にはなにかあるかも、ということだけ伝えておいた」

車に近づき、凌太が琴音のために助手席のドアを開けた。

「乗って。荷物は伊織がエージェント・エスに運んだから、会社まで送る」

「ありがとうございます」

琴音は礼を言って助手席に乗り込んだ。エアコンが効いていて車内は暖かい。ほっと息を吐いてシートにもたれ、凌太が運転席に座ったのを見て、琴音は口を開いた。

「いったいどうやってふたりを説得したんですか?」

「今の時代、どこに行っても防犯カメラや監視カメラがある。偶然誰かの写真に写り、それをSNSに上げられないとも限らない。誰にも見つからずに逃げ出すことも、誰にも気づかれずにひっそり暮らすことも、至難の業だ。そんな人目を忍んで暮らすような不自由な生活を、本当に明日香さんに送らせたいのか。光友の親父さんなら十分な金と力を持っている。時間はかかってもいずれふたりを見つけ出すだろう。そう滝本さんに言ったんだ」

琴音がシートベルトを締めたのを確認して、凌太はアクセルを踏んだ。車は静かに加速して、やがて幹線道路に出た。

　カーナビの時刻表示を見ると、もう九時をまわっていた。

「伊織さんはどうしてるんですか？」

　琴音の問いに、凌太がハンドルを切りながら答える。

「一緒に迎えに行こうって声をかけたんだけど、あいつ、なんでだか店を開けるって。今から開けてどうすんだよってな」

　凌太が言って笑い声を上げ、琴音はがっかりして唇を尖らせた。

　伊織は、休業にしていたのではなかったのだ。最初はこの仕事も断っていたぐらいだ。どうしたって店を開けたいのだろう。

「じゃあ、瀬川さんは？」

「珠希は事務所だな」

「ふたりとも冷たい」

　琴音は不満たっぷりに呟いた。

「珠希はいわばクイーンだ。城から滅多に出ない。今回ここまで来たことが珍しいくらいだ。明日、嵐でも来るんじゃないか」

　凌太は声を出して笑い、話を続ける。

「でもな、琴音ちゃん。珠希はいつもクールに見えて、実は熱い心を秘めているんだ」

　そう言われても、琴音には彼の言葉が信じられない。

「でも、瀬川さんってば、光友さんが取り戻したいのは明日香さんだけだから、『一対一だしいいでしょ』って言って、ひとりでさっさと帰っちゃったんですよ！　私、ひとりでどれだけ心細かったか。伊織さんだって私が監禁されているのにお店を開けるなんて。みんなホント薄情です」

琴音は頬を膨らませた。万が一、凌太が明日香たちを見失っていたら。万が一、ふたりが凌太の説得に応じなければ。そう思うと怒りが込み上げてきた。

「ホントにひどい。信じられない」

「まあまあ」

凌太になだめられ、琴音は面白くない気持ちのままサイドウィンドウの外を見た。

高速道路を通ってエージェント・エスに戻ったのは、それから一時間後だった。

琴音は心身ともにくたくたで、応接室を借りて魔法ガールのコスチュームを脱ぎ、ブラウスとスカートに着替えた。家に帰るまで濃いメイクでいるのも抵抗があるので、メイクを直してから応接室を出る。

「あら、似合ってたのにもったいない」

珠希にからかうように言われて、琴音は不機嫌な気持ちのままに言葉を発する。

「もう金輪際(こんりんざい)、こういう依頼は受けませんからっ！」

「なに怒ってるのよ。みんながみんな駆け落ちを企んで依頼してくるわけじゃないわよ」

珠希は苦笑したが、琴音は腹立ちのあまりおざなりに頭を下げて、自動ドアのタッチスイッチに触れた。ドアが開いたとき、珠希が思い出したように言う。

「イル・クオーレに寄って伊織くんに顔を見せてあげて。彼、すごく心配してたから」

「失礼しますっ」

先に帰って店を開けているような人が、心配などしているわけがない！　琴音はプリプリしながらエージェント・エスを出た。そのまま帰ろうかと思ったが、伊織が右腕をひどくねじられていたことも気になって、やはり声だけはかけておこうとイル・クオーレに向かった。ドアのプレートが〝CLOSED〟になっていて、もう閉店したのか、と思いながら、ドアをノックして開けた。ウィンドチャイムの音が軽やかに響き、カウンターの向こうの厨房から、伊織が顔を覗かせる。

「ああ、琴音さん」

右手に大きな皿を持っているので、彼にケガはなさそうだ。安堵するとよけいに疲労感が心と体に堪える。

「無事、解放されました。その報告に来ただけです。伊織さんはエージェント・エスの仕事もしてお店も開けて、お忙しい一日でしたねっ」

琴音はつい嫌味っぽく言ってしまい、伊織が怪訝そうな顔をする。

「今日は店は開けてないよ」

「だって、凌太さんが伊織さんは店を開けてるって言ってましたよっ」

「ああ」

伊織は納得した、というような声を出した。

「琴音さんはすごく疲れてるだろうと思ったから、戻ってきたらうちでなにか食べさせてあげようと思ったんだ。野菜のリゾットを作ってたんだけど、どうかな?」

「べ、別に私、お腹空いてない」

食べ物で機嫌が直る女だと思われたくなくて視線を逸らしたが、リゾットの炊ける匂いにつられてお腹がぐぅと音を立てた。

「あ、こ、これは……っ」

琴音が真っ赤になってお腹を押さえると、伊織がクスッと笑った。

「座って」

彼に促され、琴音は恥ずかしいのを隠すように顔を伏せたままカウンター席に腰を下ろした。

「どうぞ」

伊織の声がして、目の前に白い大きな器とスプーンが置かれた。赤と黄色のパプリカ、グリーンアスパラガス、ブロッコリーなどがたっぷり入ったリゾットが湯気を立てている。

「わあ……」

匂いも見た目もおいしそうで、口の中に唾が湧いてきた。

「俺が琴音さんのためにできるのは、これくらいしかないから」

伊織を見ると、優しげな笑みを湛えていた。彼の言葉と表情に、琴音は拗ねていたのが恥ずかしくなり、急いで手を合わせる。

「いただきます」

スプーンを手に取り、すくって口に入れた。ご飯は硬すぎず柔らかすぎずちょうどいい歯ごたえで、野菜の優しい甘みをパルミジャーノチーズのコクが引き立てている。ほかほかとした温もりが滋養となってじんわりと胃に染み込んできた。

「おいしい……」

今日一日で感じた恐怖や不安、腹立ちや怒り……そんなマイナスな感情が全て癒やされていくようだ。

(大変な目に遭ったけど、一日の終わりをこの味で締めくくれるなら、ま、いっか)

琴音はリゾットを食べながら、明日香と純のことを思い浮かべた。

あのふたりの今日は、どんなふうに終わるのだろう……。どうかふたりが幸せになれますように……。

琴音はそっと目を閉じてふたりの幸せを願うのだった。

☑Case03 妻の思い出話を聞いてください 四方幸太郎の場合

翌週の月曜日、琴音は十一時を過ぎてもベッドの中でゴロゴロしていた。土曜日は普通に会社勤めをしていれば遭わなかっただろう目に遭ったのだ。二、三日のんびりしても罰は当たらないだろう。そう思っているところに、珠希から電話がかかってきた。

今度はいったいなんだろうか。つい警戒しながら通話ボタンをタップする。

「もしもし」

『私』

「わかってます」

珠希がクスリと笑った。

『思ったよりも元気そうね』

「おかげさまで」

琴音は嫌味を込めたつもりだったが、珠希は気にしていないようで自分の話を続ける。

『明日香さんから連絡があったわ。光友社長には〝少なくとも三年はじっくり付き合って、本当に合う相手か考えろ〟って言われたそうよ』

「そうなんですか」

裏を返せば、三年別れなかったら結婚してもいいということになる。それなら大きな前進だ、と思って琴音は頬を緩めた。

『あなたが拉致された甲斐があったってものかしら』

珠希の言葉を聞いて、琴音は怒りを思い出して彼女にぶつけた。

「瀬川さんは最初からなにかあるって思ってたんですよね？　どうして私に教えてくれなかったんですか？」

『教えないほうがうまくいくと思ったの』

「だからって……」

琴音は唇を尖らせた。

『お疲れ様。よくやってくれたわ』

「え？」

予想もしなかった労いの言葉をかけられ、琴音はぱちくりと瞬きをした。

『あなたのことだから、明日香さんの気持ちにどっぷり感情移入するだろうと思ってたの』

「それって……褒められて……いるんですか？」

『もちろん。それがあなたの使えるところだって思ってる。おかげで丸く収まったしね』

琴音が素直に喜んでいいものか悩んでいると、珠希の淡々とした声が聞こえてきた。

『で、こんな時間に私の電話に出られるってことは、相変わらず無職なのよね？』

相変わらず、ずばり訊くなぁと思いながら、琴音は答える。

「そうですけど」

『それならちょうどいいわ。仕事の話があるの。六十五歳の男性が話し相手を探している。あなたはお年寄りの受けがよさそうだから、引き受けてほしいの。知り合いのおじいさんと会話を楽しむような感じでやってくれればいいわ』

おじいさんか……。琴音は自分の祖父と三ヵ月近く会っていないことを思い出した。琴音が黙っているので、珠希が説明を続ける。

『依頼人は四方幸太郎さんって方。四十三年間、裁判所事務官を務めて、先月、定年退職されたそうよ』

「裁判所事務官!?」

琴音は思わず声が高くなり、珠希が迷惑そうな声を出す。

『大声出さないでよ』

「だって、私、法律のこととか全然わからないし、そんな人の話し相手なんて無理ですっ」

通話口から珠希のこれ見よがしなため息が返ってくる。

『あのねぇ、誰も最近の判決について語り合う相手を欲しがってはいないわよ。自宅に来て、一時間ほど思い出話を聞いてほしいんですって。水曜と金曜の週二回で今週から二週間、依頼されたわ』

週に二回、二週間だけなら就活の合間にできそうだ。裁判所事務官なんて真面目そうな職業の人なら、危険な目に遭うこともないだろう。琴音は気持ちを固めて返事をする。

「わかりました。お引き受けします」

『よかった。さっそく明後日から行ってちょうだい。時間は四時からね』

「はい」

話し相手をするだけでいいなら楽勝、と琴音は気楽な気持ちで通話を終了した。

　そうして二日後の水曜日、琴音は珠希から送られてきたエージェント・エスの写真付きスタッフ証を持って、教えられた住所に向かった。四方幸太郎の家は大阪府豊中市の東部に位置する古くからの住宅街にあった。庭のある純和風の家が多く、その中のひとつ、瓦付きの塀で囲まれた趣のある屋敷が幸太郎の家だ。

　門は屋根のついた数奇屋門と呼ばれるもので、流麗な文字で〝四方〟と書かれた表札が出ている。いかにも旧家という雰囲気だ。

　琴音は小さく咳払いをしてから、表札横のインターホンのボタンを押した。

「はい」

　間もなくスピーカーから低い男性の声が聞こえてきた。

「わ、私、エージェント・エスの塚口琴音と申します。本日は四方様のご依頼で、お話し相手として参りました」

「ああ、少しお待ちください」

表玄関から人の出てくる気配がして、すぐに数奇屋門がカラカラと横に開き、ひょろりと背の高い細身の男性が現れた。

白髪交じりの髪は少し薄くなっていて、べっ甲フレームのメガネをかけている。メガネの奥の目は鋭く、じいっと目を細めて見られると、なにも悪いことはしていないのに緊張してしまう。

「どうもご苦労様。私が四方幸太郎です」

「塚口琴音です」

琴音はスタッフ証を差し出した。幸太郎は写真と琴音の顔を見比べ、「どうぞ」と一歩下がった。

「失礼します」

琴音はぎこちなく一礼して門を通った。中は庭石や灯籠の置かれた純和風の前庭になっている。『ステキなお庭ですね』、とでも言ってみようかと思ったが、さして気持ちが入っていないことを彼に見抜かれそうで、琴音は言葉にするのをやめた。

敷石の上を歩いた先に縦格子の玄関扉があり、幸太郎が開けて先に入るよう合図をした。

「お邪魔します」

琴音は三和土(たたき)で靴を脱ぎ、廊下に上がって靴を揃えた。幸太郎がつっかけていたサンダルを脱いでスリッパに足を入れる。

「どうぞ」

幸太郎が琴音にスリッパを勧めた。琴音がそれに足を入れている間に幸太郎が歩き出した。琴音は長い廊下を彼に続く。幸太郎は一番奥の部屋の前で足を止めた。

「こちらへ」

幸太郎が言って障子戸を開けた。そこは南向きの十畳の和室で、部屋の中央にはコタツ机が置かれている。

「今日は日差しが明るいから、縁側がいいかと思ってね」

幸太郎が部屋に入って奥の障子戸を開けると、年季が入った板敷きの縁側が現れた。

「わぁ……」

琴音は懐かしさに声を上げた。曾祖母の家にもこんな縁側があった。曾祖母は庭に小さな畑を作っていたが、幸太郎の家は違った。ガラス戸の向こうには苔むした庭がある。大きな石で囲まれた小さな池があり、そばに柿の木が植わっていて、葉は全て落ちているが実がいくつか残っていた。

縁側の真ん中にはポットと急須、湯呑を載せた盆が置かれていて、それを挟むように二枚の座布団がある。

「好きなほうに座ってくれ」

幸太郎に言われて、琴音は左側の座布団にきちんと正座した。右側に幸太郎が座って、ポットの湯で急須や湯呑を温めはじめる。

「塚口琴音さんと言ったね」

「は、はい」

幸太郎が湯呑に緑茶を注ぎながら言う。

「そう緊張しないで、年の離れた友人のように振る舞ってくれないかな。気さくな話し相手になってほしいから」

「あ、はい」

幸太郎が湯呑を琴音の前に置いた。

「ありがとうございます。いただきます」

琴音は礼を言ってお茶をひと口飲んだ。深みと渋みがあり、琴音が普段、ティーバッグで飲んでいる緑茶とはひと味もふた味も違う。

「このお茶、おいしいですね」

琴音の言葉を聞いて、幸太郎は目元を緩めた。

「ありがとう。妻が好きだったお茶なんだ」

「奥様が……」

幸太郎は小さく音を立ててお茶をすすった。そして手を下ろし、湯呑を見つめて言う。

「こうして塚口さんに来てもらったのは、妻の思い出話を聞いてほしいからなんだ。こういう言い方をすればわかると思うだろうけど、私は妻に先立たれてしまってね……」

幸太郎は視線を池のほうに向けた。その目はどこか遠くを見ていて、とても寂しげだ。

「奥様は……いつお亡くなりに……？」

「……三十年前だ」

　幸太郎は庭を眺めたままぼそりと答えた。

　この人は、そんなに以前に愛する人を亡くしたのか。どんなに寂しかっただろうかと思うと、琴音は胸が痛くなった。

「奥様は……どんな方だったんですか？」

「きれいな人だった。少し控えめでね、でも、芯のしっかりした人だった」

　幸太郎が湯呑を置いて話を続ける。

「妻とは高校一年生のときに同じクラスになってね。学級委員を一緒にやったんだ。字もきれいだったけど、書くときの姿勢が凛として美しくて、つい見とれてしまった」

　幸太郎が懐かしそうに目を細めて言った。その表情から、幸太郎が今なお亡き妻を想っている気持ちが瑞々しく伝わってくる。

　こんなふうにいつまでも色鮮やかに残る想いこそが本物なのだと、琴音はしみじみ思った。

「とてもステキな方だったんですね」

「なんだかのろけ話になってすまないね」

　幸太郎は照れ笑いを浮かべて琴音を見た。

「とんでもない！　奥様のお話、もっと聞かせてください。よろしければ写真も見せていただけませんか？」

「写真か……妻が亡くなってからアルバムの類は段ボールに詰めて、押し入れの奥に仕舞い込んでしまってね……。すぐに出せるものがあったかな……」

　幸太郎は言って立ち上がり、畳の部屋に入って押し入れを開けた。しゃがみ込んでしばらくガサゴソ音を立てていたが、やがて臙脂のカバーがかかった一冊のアルバムを持って戻ってきた。

「高校の卒業アルバムがあったよ」

「わぁ」

　一見、生真面目なこの男性がこんなにも愛おしそうに語るなんて、いったいどんな女性だったのだろう。琴音はワクワクしながら、幸太郎がアルバムを開くのを待った。

　幸太郎は何枚かページをめくって手を止めた。中央にクラスの集合写真があり、その周囲にクラスメイトの個人写真が並んでいる。幸太郎はその中のひとり、髪をお下げにした優しげな目元の女子学生の写真を指差した。

「これが妻だ」

　写真の下には西村久恵と書かれている。

「奥様は久恵さんってお名前だったんですね。どんなきっかけでお付き合いするようになったんですか？」

　幸太郎は膝の上にアルバムを置き、目を細めて思い出すようにしながら話しはじめる。

「あれは寒い冬の日だったな。試験前でクラブ活動はなかった。私と彼女は学級日誌を職員室に提出しに行って、さあ帰ろうかというときに雨が降り出したんだ」

「あ、もしかして！」

琴音は顔を輝かせ、幸太郎が照れたように笑った。

「そうなんだ。彼女は傘を持っていなくてね。私が自分の傘に一緒に入らないかと誘ったんだ」

「相合傘！　いいですねぇ」

琴音ならすぐにコンビニに行ってビニール傘を買いそうなものだが、当時の幸太郎たちは高校生だ。学生服姿で頬を染めてひとつの傘に入るふたりの姿を想像し、琴音はうっとりとする。

「彼女が濡れないように彼女のほうに差しかけていたら、私の肩が濡れてしまった。だけど、彼女が隣を歩いていると思うと、寒さなんかこれっぽっちも感じなかった。彼女を家まで送ってから自分の家に帰ったんだが……、情けないことに風邪をひいてしまってね」

「それは大変でしたね。学校をお休みしたんですか？」

「ああ。でも、彼女がお見舞いに来てくれたんだ。それも、その日にもらったプリントと手作りのクッキーを持って」

「わあ、優しいんですね」

幸太郎は照れを隠すように庭に視線を送った。

「それがきっかけで彼女と付き合うようになったんだ」

「いいですねぇ」

琴音は亡くなってからもこんなに愛されている幸太郎の妻がうらやましくなって、ほうっと息を吐いた。

「私は大学を受験することにしたんだが、彼女は高校卒業後は実家の食堂を手伝うことになっていたんだ」

「食堂、ですか？」

「ああ。彼女のおじいさんの代からやっていてね。地元でも古くから親しまれてきた食堂だった。名物はだし巻き卵なんだが、ほかのメニューも人気だった。昼はサラリーマンでいっぱいになってね。もちろん私も大学時代に何度も食べに行ったよ……」

幸太郎が微笑みながら話を続ける。

こんなステキな恋バナが聞けるなら、話し相手の代行もいいかもしれない。琴音はほっこりしながら、幸太郎の話に耳を傾けた。

＊＊＊

幸太郎の話し相手になって三回目のその日は、十一月最後の水曜日だった。琴音は約束どおり四時に幸太郎を訪ね、縁側で新婚旅行の話を聞いていた。

「今なら海外へ行くのが普通なのかもしれないが、私たちは北海道へ行ったんだ。夏の北海道へ行ったことはあるかな？」

　幸太郎に訊かれて、琴音は首を横に振った。

「いいえ。でも、過ごしやすそうですね？」

「ああ、とても涼しかったよ。妻は花が好きだったから、ラベンダー畑を見に行ったんだ」

「わあ、いいですね～」

　一面紫色に染まった野原に、白い帽子をかぶった白いワンピース姿の女性がたたずむ様子を勝手に思い浮かべて、琴音はうっとりとした。

　帽子が風に飛ばされて「あっ」ってなったとき、四方さんが拾ってあげて……。そんな想像をしてニヤける琴音に、幸太郎が真面目な話をする。

「とはいえ、あの頃は合成香料が急激に進歩したせいで、ラベンダー農家は苦境に立たされていてね。ラベンダー畑はどんどん減っていたんだよ」

「えっ、そうなんですか？　北海道のラベンダー畑って昔からずっとあるのかと思ってました」

　琴音は驚いて言った。幸太郎は湯呑に手を伸ばし、ひと口飲んで話を続ける。

「実はそうじゃないんだよ。私たちが新婚旅行に行く数年前に、ラベンダー畑の写真がカレンダーに採用されてね。それで観光客が増えて盛り返しはじめた頃だった」

「そうだったんですか……」

「妻はよっぽど気に入ったのか、新婚旅行から戻ると庭にラベンダーを植えはじめたんだ」

「わあ、いいですね。私、ラベンダーの香り、大好きです。癒されたいときはよくラベンダーのアロマオイルを焚くんです」

琴音の話を聞いて、幸太郎は笑顔になった。

「塚口さんに見せてあげたかったよ。庭一面、ラベンダー色に染まってね。そりゃあ、見事だった」

「きっとすごくステキだったんでしょうね……」

琴音は心からそう思った。

「妻があんまりラベンダーに入れ込むものだから、数年後の誕生日にアメジストのブローチを贈ったんだ」

「あ、アメジストは紫色ですもんね！　奥様、喜んだでしょう？」

琴音が言うと、幸太郎は苦い笑みを零した。

「そう思うだろう？　だけど、妻はなぜか複雑そうな表情をしてね。わけを聞いたら、『私の誕生石はアメジストじゃありません』って言うんだ」

「えっ」

「だから、『キミがラベンダー色が好きだと言うから、この宝石にしたんだ』って言ったんだよ」

「それを聞いたら、さすがに喜んだんじゃないですか？」

琴音が訊くと、幸太郎は「ああ」と呟いて視線を庭へと送った。風が窓ガラスを揺すって小さく音を立てた。なんとなくもの寂しくなり、琴音は努めて明るい声を出す。

「奥様は四方さんの誕生日になにをくださったんですか？」

幸太郎は視線を琴音に戻した。

「たくさんもらったよ……。私があげたもののほうが少ない」

「そうなんですか？　奥様、とても優しそうでしたもんね。四方さんを喜ばせようといろいろしてくださったんですよね」

自分は瑛一郎にそんなにプレゼントをあげただろうか。ふと別れた恋人のことを思い出して、琴音は下唇をそっと噛んだ。

「もうこんな時間か。塚口さんと話していると、あっという間に時間が経つね」

幸太郎の言葉につられて和室の柱時計を見ると、針は午後五時を指していた。

「日が落ちるのも早くなってきた。気をつけて帰ってください」

幸太郎に促すように言われ、琴音は湯呑を置いた。

「ありがとうございます。また金曜日に来ますね」

「ああ、待っているよ」

幸太郎に玄関まで見送られ、琴音は「さようなら」と挨拶をして門を出た。

今日もステキな話を聞かせてもらった。

そのせいか外は寒いが心はほっこりしている。琴音は温かな気分で駅に向かって狭い通りを歩きはじめた。前方の角に四十代くらいの女性が三人立っていて、琴音のほうを見ながらなにか話している。琴音は会釈して通り過ぎようとしたが、その中のひとり、黒髪のセミロングヘアを後頭部でまとめた女性が琴音を呼び止めた。

「ねえ、ちょっと」

「はい？」

琴音は足を止めて三人に向き直った。

「あなた、この辺りの人じゃないわよね？」

黒髪の女性に続いて、肩までの茶髪にパーマをかけた背の低い女性が言う。

「最近よく見かけるけど、四方さんの家でいったいなにをしているの？」

身長はあまり変わらないが押しの強そうな女性たちに取り囲まれて、琴音は体を縮込めた。

「えっと……」

「あなたみたいな若い女性がひとり暮らしの男性の家に上がり込むなんて……」

最後のひとり、メガネの女性がいかがわしいものでも見るような目つきで琴音を見た。

「ホントよ」

「ねえ」

残りのふたりが顔を見合わせ、琴音は慌てて言う。

「あのっ、私は四方さんの話し相手になっているだけです！」

「話し相手ぇ？」

パーマの女性が不審そうな声を出し、琴音は口の中でもごもごと答える。

「はい……あの、人材の代理・代行サービスをやっている会社から派遣されて」

「そんな会社があるんだ。で、してるのはホンットーに話の相手だけ？」

三人の女性に疑わしげな目で見られて、琴音は何度も頷いた。

「もちろんです！」

「ふぅん。でも、そうだとしても、あんな偏屈じいさんの話し相手、私ならお金をもらってもごめんだわ。大変でしょう？」

メガネの女性に訊かれて、琴音は否定する。

「そんなことないですよ」

黒髪の女性が軽蔑したような口調になる。

「あなたの前ではいい人ぶってるのかしら。元裁判所事務官だかなんだか知らないけど、うんざりするくらい細かいの」

そんな印象なかったけどな、と琴音が思っていると、黒髪の女性が続ける。

「ほら、あそこに柿の木があるでしょう？」

女性は塀から覗いている木を指差した。琴音と幸太郎が話をするとき、庭に見えた木だ。

「はい」

「うちの子が石を投げて柿の実を落とそうとしたら、四方さんにすごい勢いで怒鳴りつけられたのよ！　たくさん熟れてるのにちっとも収穫しないし、放っておいたらカラスのエサになるだけなのに」

「そうよそうよ。小学生のちょっとしたいたずらにあんなに怒らなくても」

パーマの女性が同意した。

いや、それはやっぱり怒られると思うけれど……。琴音は心の中で呟いた。今度はメガネの女性が言う。

「ほかにもね、塀に落書きしたら、器物損壊罪になるとか怖い顔で脅すのよ！　相手は子供なんだから、ほかに言い方があるじゃないの」

「あっ、もしかしてあなた、近所の住人の悪口なんか聞かされてるんじゃないの？」

黒髪の女性が早口で言い、琴音は急いで首を振った。

「とんでもない！」

「じゃあ、あのおじいさんといったいなんの話をしてるの？」

「え、いえ……」

答えていいものかわからず琴音が言葉を濁すと、三人は顔を見合わせた。

「私たちに言えないようなことなんだわ！」

「じゃあ、やっぱり近所の住人の悪口ね！」

「関係ない第三者に住民の悪口を吹き込むなんて最低！　そっちのほうが犯罪じゃない

の!?」

三人の声が大きくなった。このままでは幸太郎が悪者にされてしまう。そう思って琴音は小声で口を挟んだ。

「あの、そういうんじゃないです……」

「じゃあ、なに!?」

三人に一斉に詰め寄られ、琴音は小声で答える。

「えっと、若い頃の思い出話とか……」

「若い頃の思い出話？」

琴音の返事を聞いて三人は一様に怪訝そうな表情になった。

「あんな仕事漬けの偏屈じいさんにいったいなんの思い出があるって言うの？」

「昇級した思い出とか？」

「やだー、そんなの聞きたくない」

三人は嫌そうな顔で笑ったかと思うと、黒髪の女性が言う。

「ねえ、結婚もしていないし子供もいないあのじいさんに、いったいどんな楽しい思い出があったの？」

琴音は驚いて「えっ」と声を上げた。なによ、と言いたげな目で三人に見つめられ、琴音は瞬きをして言う。

「あの、みなさんがご存知ないだけで、実は結婚していたけど奥様が若くして亡くなったとか……そういうこともあるんじゃないかと……」

「まさか。うちの母は四方さんが生まれる前からここに住んでるけど、四方さんは一度も結婚しなかったって言ってたわよ。仕事一筋で独身をとおしてたって」

黒髪の女性に続いてパーマの女性が言う。

「うちのお向かいのおばあさんが、何十年も前に何度かお見合い相手を紹介しようとしたそうだけど、全部断られたって言ってた」

「じゃあ、結婚するとしたら妄想の中でくらい？」

黒髪の女性が小馬鹿にしたような笑みを浮かべた。

「やだぁ、気持ち悪い」

パーマの女性とメガネの女性が声を上げて笑った。琴音は一歩後ずさる。

「あの、私、もう行かなくちゃ」

琴音は「失礼します！」と言って頭を下げ、パッと走り出した。

「あっ、ちょっと！」

後ろのほうで女性の声がしたが、一目散に駅を目指す。

（どうしよう。なんか聞いちゃいけないことを聞いちゃった……!?）

北大阪急行の駅が近づいてきて、琴音はようやく走るペースを落とした。呼吸を整えながら、幸太郎の言葉を思い出す。

幸太郎はたしかに『妻に先立たれてしまって』と言っていた。相合傘の思い出や、新婚旅行の話など、すごく具体的だったので、琴音は少しも疑うことがなかった。幸太郎はどうしてあんな嘘をついたのだろうか。

　琴音はモヤモヤした気持ちで電車に乗った。

　新大阪でＪＲに乗り換えてエージェント・エスに戻り、自動ドアから中に入ると、事務室のドアが開いて珠希が出てきた。

「あら、お疲れ様。報告書を書いたら凌太に確認してもらって」

「はい」

　琴音は返事をして事務室に入り、パソコンデスクの前に座った。自分の名前とパスワードでログインしたものの、今日の勤務報告書に勤務の内容を打ち込もうとして手が止まる。

　幸太郎はどうして久恵と結婚していたなどと嘘をついたのだろうか。琴音が写真を見せてほしいと言ったから、高校の卒業アルバムから適当な人を選んだのだろうか。

　なんのためにそんなことを、と頭を悩ませていると、ドアがノックされて珠希が入ってきた。珠希はパソコンデスクに浅く腰かけて言う。

「なに難しい顔してるのよ。四方さんのお宅でなにかあったの？」

「あ、いいえ。四方さんとはいつものとおり楽しくお話できたんですけど……」

　琴音は四方邸から帰ろうとしたとき、三人の女性に声をかけられ、幸太郎が独身だという話をされたことを説明した。

「それで、どうして四方さんは嘘なんかついたのかな～って」

珠希は呆れたように息を吐いた。

「あのね、うちはお客様に〝必要な人を手配する〟ことが仕事なの。依頼人が本当は結婚していようがいまいが、あなたの仕事は依頼人が必要としている人になりきるだけ」

「でも、どうしても気になるんです。結婚してないのにわざわざ妻の話を聞いてもらいたがるなんて。なにか理由があるんじゃないのかなって」

「どんな理由があると思うわけ？」

珠希に訊かれて、琴音は頭を捻り、思いつくままに言ってみる。

「それは……その……実は仕事一筋で今まで生きてきたけど、定年退職したら急にひとりが寂しくなったとか……」

「それならうちに話し相手なんか依頼しなくても、結婚相談所にでも行けばいいじゃない」

「じゃあ……きっと別の理由があるはず。なにか問題を抱えているのなら力になってあげたいんです」

珠希はさっと立ち上がって腰に片手を当てた。

「余計なことは考えちゃダメ。あなたは考えていることがすぐ顔に出るんだから」

「でも……」

「でもじゃない。これは上司命令よ。わかったわね？」

珠希に念を押すように言われ、琴音はしぶしぶ「はい」と返事をした。

＊＊＊

金曜日、琴音はまた依頼どおり話し相手として幸太郎の家に向かった。どんよりとした鉛色の空を見ていると、気分まで重くなりそうだ。四方邸が近づいてきて、水曜日に話しかけてきた女性三人が立ち話をしているのが見えた。三人は琴音に気づいて声を潜める。

（なにか噂されてるんだろうな……）

琴音は小さく会釈をして三人の前を通り過ぎた。だが、背中に女性三人の視線を感じておちつかない気分のまま、数寄屋門の前に到着してインターホンを押す。

「はい」

「こんにちは、塚口です」

「すぐ開けます」

インターホンの接続が切れ、しばらくして表玄関の開く音がした。

「塚口さん、いらっしゃい」

幸太郎は数奇屋門を開け、女性三人がふたりをじっと見ているのに気づいて軽く会釈をした。琴音が振り返ると、三人は会釈を返してそそくさと十字路を曲がって消えた。

幸太郎は気にする様子もなく琴音に言う。

「塚口さんが帰るまで、雨が降らないといいね」

「予報では夜から雨だったので、大丈夫だと思います」

琴音は幸太郎に続いていつもの和室に向かった。今日は縁側ではなく和室のコタツ机の上にポットや湯呑が置かれている。

「さすがにもう縁側は寒いと思ってね。コタツに入るといい」

「ありがとうございます」

幸太郎に勧められ、琴音はコタツに入った。茶色のおちついた花柄のコタツ布団は長年使ってきたのだろう。少し色があせている。

「今日は結婚して二年目の初詣の話でもしようかな」

幸太郎がコタツに足を入れながら言った。

「結婚して二年目の初詣……」

琴音は幸太郎の言葉をぼんやりと繰り返した。頭の中では水曜日に聞いた女性たちの言葉がリピートされる。

『結婚もしていないし子供もいない』

『仕事一筋で独身をとおしてたって』

そのとき幸太郎にじっと見られていることに気づいてハッとした。

(ダメダメ、私の仕事は『依頼人が必要としている人になりきる』ことだって瀬川さんに言われたじゃない)

「初詣はどちらに行かれたんですか？」

琴音は笑顔を作ったが、幸太郎の表情は硬かった。

「さっきの女性たちになにか言われたんだね？」

低い声で問われて、琴音は返事に困った。

「あの……ええと……」

違う、とは言えないが、本当のことなどもっと言えるはずがない。だが、言葉を濁す琴音を見て、幸太郎はさっと立ち上がった。

「悪いが、もう帰ってくれないか」

「え？　でも、今日まで四方さんのお話を聞くことが契約で……」

琴音はおずおずと幸太郎を見上げた。

「もう必要ない。帰ってくれ」

冷たい声で言われ、琴音は必死で幸太郎を見つめる。

「待ってください。私、四方さんのお話を聞くのが好きなんです。それは本当です」

「なんの話を聞くのが好きだって？」

「な、亡くなった奥様の……」

「さっきの女性たちから、私に妻はいないと聞いたんだろう？　今さら作り話を聞いても仕方ないじゃないか」

「でも」

「それに私も、もうキミと話したいとは思わない」

突き放すように言われて、琴音は力なく頭を垂れた。

「申し訳……ありません」

「足を運んでくれたから依頼料は払うが、もう二度と来なくていい」

琴音は言葉が見つからず、唇をギュッと結んで立ち上がった。幸太郎が無言で玄関を指差し、琴音は一礼して肩を落としたまま四方邸をあとにした。


琴音がエージェント・エスに戻ると、パーティションから凌太がひょいと顔を覗かせ、琴音を見て苦い笑いを浮かべた。

「思ったとおり早かったな」

「思ったとおり……？」

ぼんやりと呟く琴音に、凌太は目で事務室を示す。

「珠希は事務室」

「あ、はい」

珠希にことの顛末を報告しなければならない。琴音は重い気持ちで事務室のドアをノックした。

「どうぞ」

珠希の声が聞こえて、琴音はドアを開けた。デスクに着いていた珠希が凌太と同じような笑みを浮かべる。

「やっぱり早かったわね。あなたのことだから、きっとこういう展開になるだろうとは予想してたけど」

「すみません」

琴音がうなだれたとき、凌太が事務室に入ってきた。手には薄いふたつ折りファイルを持っている。それを琴音と珠希の間にある事務机にポンと置いた。

「珠希に言われて調べた」

琴音はなにをですか、と問うように凌太の顔を見た。

「四方幸太郎さんの背景情報」

「え？」

「まあ、見てみな」

凌太が言った。琴音は手を伸ばして、そっとファイルを取り上げた。開けると、学生服を着た十七歳くらいの少年の写真のコピーが貼られていた。短く切った髪に縁の太いメガネをかけた真面目そうな顔立ちだ。

（もしかして……）

よくよく見ると、目つきと口元が幸太郎によく似ている。

「これって……高校時代の四方さん？」

「ああ」

凌太の返事を聞きながら、琴音は目を動かす。幸太郎の写真の隣には、彼が妻だと言った西村久恵の写真のコピーもあった。琴音はページをめくった。次のページには幸太郎の経歴が記されている。

それによると、幸太郎は彼が話したとおり高校時代に久恵と恋人関係になり、幸太郎が裁判所事務官となったあとに結婚しようとしたが、彼の両親が家柄を理由に反対し、結婚できなかったのだそうだ。その後、幸太郎は誰とも結婚せず、三十五歳のときに久恵と再会したが、それは彼女が刑事事件の被告として裁判所に出廷したときだった。久恵は両親の薦めで結婚した夫から暴力を受け、苦しんだあげく夫を刺してしまったのだという。それは今から三十年前の出来事だった。

「こんなことが……」

琴音は呆然として呟いた。凌太がファイルを覗き込みながら言う。

「判決は執行猶予つきで、その後、夫とは離婚した。今は他県でひとりひっそりと暮らしている」

琴音は凌太を見た。

「凌太さんが調べてくれたんですか？」

「珠希に言われてね」

琴音の視界がにじみ、ファイルの文字がぼやけた。

（なんてことだろう。四方さんが話してたのは、久恵さんと一緒にしたかったことなんだ……）

　琴音は顔を上げて、すがるように凌太を見る。

「お願いします！　西村久恵さんが今どこに住んでいるのか調べてもらえませんかっ？」

　凌太はどうする、というように珠希を見た。珠希は小さく肩をすくめて言う。

「渡してあげれば？」

「わかった」

　凌太がワイシャツの胸ポケットに人差し指と中指を入れて、小さく折りたたんだ紙を抜き出した。

「なんですか？」

　紙を差し出されて、琴音は潤んだ目で凌太を見た。

「西村久恵さんの現在の住所」

　それを聞いて琴音は息をのんだ。

「調べてくれていたんですか!?　ありがとうございます！」

　琴音は紙を受け取り、すぐさま事務室を飛び出した。

「お礼はいいけど、ちゃんと戻ってきて報告書を書きなさいよ」

　珠希の声が背後から追いかけてきて、琴音は振り返らずに「はい！」と返事をした。自動ドアのタッチスイッチに手をかざし、開きかけたドアに体をねじ込むようにしてエージェント・エスを出た。駅まで転がるように走り、やってきた電車に飛び乗る。

琴音は電車のドア横に立って、手の中の紙をそっと開いた。久恵の現住所は山陰地方の小さな町になっている。新幹線と特急を使えば、今日中に会いに行くこともできる。

幸太郎と久恵はこのままでいいわけがない！

琴音は紙を元どおりに折ってハンドバッグの内ポケットに大切に入れた。電車で四十分の距離をイライラしながら揺られる。ようやく着いたときには雨が降り出していた。しとしとと冷たい雨だが、琴音は構わず幸太郎の家へと走った。数寄屋門が見えてきたときにはすっかり息が上がっていた。肩を大きく上下させながら、インターホンを押す。

「はい」

幸太郎の低い声が応じ、琴音は息を弾ませたまま言う。

「四方さん、塚口です！　私、あのっ……どうしてもお話ししたいことがあって」

「キミと話すことはなにもない」

幸太郎の声が聞こえた直後、インターホンの接続が切れた。

「四方さん！」

琴音はまたインターホンを鳴らした。しばらく待っても幸太郎が応答しないので、もう一度鳴らした。だが、インターホンは沈黙している。

琴音は意地になって何度もボタンを押した。遠くで何度も電子音が響く。しびれを切らしたのか、接続音がしてスピーカーから幸太郎の怒り混じりの声が飛び出してきた。

「話すことはないと言っただろう！　いい加減にしなさい。迷惑だ」

「私は話したいんです！　お願いします！　少しだけでいいんで会って話を聞いてください！　久恵さんのことで――」

　琴音は必死で呼びかけたが、プツリと音がしてインターホンの接続は切れてしまった。もう一度ボタンを押したが、電源を抜かれてしまったようで、なんの音も聞こえない。

　琴音は雨の中、塀のまわりを一周した。幸太郎の姿が見えないかと思って背伸びをしてみたが、塀は琴音の頭よりも高く中は見えなかった。門に戻ってもう一度インターホンを鳴らしたが、やはりなんの反応もない。

　琴音は肩を落として門にもたれた。すっかり日は暮れて、ウールのコートを着ていても、濡れてしまった頭や顔が寒い。

　寒気がしてぶるりと体を震わせたとき、カラカラと聞き慣れた音がした。玄関が開く音だ。琴音がハッと体を起こすと、数寄屋門の格子の間から渋い表情をした幸太郎の姿が見えた。

「もう帰りなさい」

　門の向こうから幸太郎が静かな声で言った。

「は、話を聞いてくれたら帰ります」

　琴音は歯をカチカチ鳴らしながら言った。幸太郎はため息をついて数寄屋門を開けた。その隙を逃すまいと、琴音は言いたいことを言葉にする。

「四方さんが私に話してくれたのはっ……四方さんが久恵さんにしてあげたかったことな

んですよね？」

幸太郎はなにも言わなかったが、彼の過去を思うと琴音の目に熱いものが込み上げてきた。琴音は目を潤ませながら必死で話を続ける。

「久恵さんと結婚してたら！　新婚旅行に行ってたら！　誕生日をお祝いしたなら！　きっとこうしてただろうってことを……っ」

涙が溢れ、琴音は手の甲でグイッと拭った。幸太郎は悲しげに首を横に振った。

「誰かに……話を聞いてもらえば、本当にそうした気になれるだろうと考えたんだ。そうすれば、久恵さんのことはいい思い出になって吹っ切れると思った。でも、無駄だった。浅はかな考えだったよ。自己満足にもならなかった」

幸太郎は投げやりに鼻を鳴らした。

「今からでも遅くないです！　私に話したことを今からしてあげてください！」

「なにを言ってるんだ。そんなに簡単なことじゃない」

幸太郎が顔を背けた。その横顔に苦悩を感じ取り、琴音はバッグから凌太にもらった紙を取り出した。

「これに久恵さんの現住所が書いてあります」

琴音は紙を差し出した。幸太郎は琴音の顔から紙へと視線を移したが、受け取ろうとはしなかった。

「久恵さんは離婚されて、今はひとり暮らしをされているそうです」

「なんであんたがそれを……」

幸太郎が呟くように言った。

「うちの所長が調べました」

琴音はさらに紙を差し出して、思いをぶつける。

「簡単なことじゃないかどうかは、やってみないとわからないと思います」

幸太郎は眉間に深いしわを刻んで、苦しげに言う。

「三十年前に私は手を差し伸べなかった。あんなにやつれて蒼白になりひとりで苦しんでいた彼女に、なにもしてやらなかった！　あのときに……私は彼女を失ったんだ」

「そのときに久恵さんに拒否されたんですか？」

「彼女はそんなことはしない」

「そうでしょう？　じゃあ、今から取り戻してください！　取り戻せるチャンスがあるのなら！　話し相手を依頼してまで吹っ切ろうとするくらいの深い想いがあるのなら！　四方さんの気持ち、届くかもしれないじゃないですか！」

「もう遅い」

幸太郎が沈んだ声で言って琴音に背を向けた。

「待ってください！」

琴音は幸太郎の腕を掴んで、手のひらに紙を押しつけた。そうして彼の手をギュッと両手で握った。幸太郎は手の中の紙にチラッと視線を落としたが、なにも言わずに前庭を戻りはじめた。

（四方さん……）

幸太郎の姿が玄関扉の向こうに消え、琴音は静かに数寄屋門を閉めた。しばらくその場に立っていたが、幸太郎が出てくる気配はない。

このまま幸太郎は久恵に会いに行かないつもりなのだろうか。

門の隙間から覗いたが、玄関扉はピタリと閉ざされていて、四角い玄関灯がオレンジ色の光をわびしく投げかけているだけだった。

自分にできることはもうすべてした。

琴音は最後にもう一度玄関扉を見てから、駅に向かってトボトボと戻りはじめた。雨足はさっきよりも強くなり、辺りも暗くて心細い。

周囲を見まわしたが、コンビニもないので、傘を買うこともできない。

十字路に来たとき、前方の角を曲がってヘッドライトが現れた。琴音が塀に体を寄せると、黒いタクシーが横を通り過ぎる。

なんとなく気になって振り返ると、タクシーは幸太郎の家の前で停車した。運転手が降りてきてインターホンを鳴らす。

「ＴＮタクシーです」

やがて数寄屋門が開き、コートの襟を立てた幸太郎が門から出てきた。後部座席のドアが開き、彼が乗り込みながら「ＪＲ新大阪駅まで」と言うのが聞こえた。直後、ドアが閉まり、タクシーがゆっくりと走り出す。

ＪＲ新大阪駅に向かうということは新幹線に乗るのだ。きっと久恵に会いに行くに違いない。

琴音は両手を胸の前でギュッと組んで、心の中で祈る。

（どうかどうか、幸太郎さんの気持ちが届きますように）

そうしてタクシーのテールランプが小さくなって、角を曲がって見えなくなるまで見送った。ふぅっと息を吐き出すと、胸のつかえが下りたような気持ちだ。

住所を調べてもらったお礼を凌太に伝えなければ。

琴音は寒さに体をぶるりと震わせ、駅へと歩きはじめた。

＊＊＊

琴音がエージェント・エスに戻ったのは午後九時過ぎだったが、凌太も珠希も事務室にいた。珠希は真ん中のデスクでパソコンになにかを入力していて、凌太はそのデスクに軽く腰かけていた。

「凌太さん、ありがとうございました。四方さんに久恵さんの住所を知らせることができました」

琴音がぺこりとお辞儀をすると、凌太は頭を傾けて珠希を示した。

「俺は珠希の指示で調べただけだ。礼なら珠希に言ってくれ」

琴音は改めて珠希に向き直った。

「瀬川さん」

琴音が声をかけ、珠希が顔を上げる。

「瀬川さん、ありがとうございます。瀬川さんはきっとこうなるってわかってて、凌太さんに調べるよう頼んでくださってたんですよね」

珠希は片手で頬杖をついて、チラリと琴音を見た。

「お礼を言うのは早いんじゃないかしら。どうするかは四方さんたち次第なんだから、あなたの期待するような展開にはならないかもしれないじゃない」

「それでも……嬉しかったです」

琴音はタクシーに乗り込む幸太郎の姿を思い出した。幸太郎が三十年抱え続けていた想いを伝えて、久恵がどうするのか。それは琴音にはわからないが、今日の幸太郎の行動が彼のこれまでの罪悪感や心残りを解消することにつながってくれればいい、と思った。

願わくは四方さんの気持ちが久恵さんに届いて、ふたりで幸せになってほしい。

「報告書を作成してさっさと帰りなさい」

珠希に言われて、琴音はコートを脱いで左側のデスクに着いた。名前とパスワードを入力して勤務報告書を開いた。いざ打ち込もうとして、今日、自分は幸太郎の話し相手をしていなかったことに気づく。

「私……今日は四方さんのお話を聞いてないんですけど……」

隣のデスクの珠希は一瞬だけ琴音に視線を投げた。

「話はしたんでしょ。それを書いておきなさい」

「はい……」

琴音は幸太郎とのやり取りをかいつまんで打ち込んだ。幸太郎の最後の言葉、『JR新大阪駅まで』もしっかりと文字にする。

「できた」

報告書を保存してほっとしたとたん、全身から力が抜けた。急に寒気に襲われ、歯がカチカチと音を立てる。凌太が気づいて琴音に声をかけた。

「琴音ちゃん、寒いの？」

「あ、はい、ちょっと雨に濡れちゃったんで……」

「大丈夫？」

「帰ってお風呂で温まって寝ます」

琴音は立ち上がってコートを羽織り、ボタンを留めた。それでも寒くて首を縮込め、両手で自分の体を抱いた。凌太が心配顔になる。

「具合が悪そうだな。伊織に送らせよう」

「え、いいです、いいです。伊織さんに悪いですから」

琴音は慌てて言ったが、そのときにはもう凌太はスマホで伊織に電話をかけていた。

「おー、伊織。俺だ。店は閉めたか?」

伊織の返事を聞いて、凌太が言う。

「客? そんなの追い出せ。琴音ちゃんが体調が悪そうなんだ。家まで送ってやってくれ」

凌太は言って、通話を終了した。琴音を見てニヤッと笑う。

「伊織が『もちろん送るよ。琴音さんのためならなんだってする』ってさ」

「え、ホントですか?」

琴音は首を傾げながら言った。珠希が言葉を挟む。

「凌太、脚色しすぎ。伊織くんがそんな歯の浮くようなセリフを言うわけないでしょ」

「珠希に嘘はつけないな」

凌太が目元を緩めて珠希を見つめたが、珠希は冷静な声で言う。

「ふたりを知ってたら誰だってわかるわよ。塚口さんだって疑ってたし」

「琴音ちゃんにバレるようじゃ、ダメか」

凌太がばつの悪そうな表情になり、琴音は苦笑を零した。

「そう言えば給湯室にインスタントの生姜湯があったんじゃないの?」

珠希に言われて、凌太がポンと手を打った。

「そうだ、急に寒くなったからこの前買ったんだよ。琴音ちゃん、ちょっと待ってな」

凌太は立ち上がって事務室から出ていき、一分もしないうちに湯気の立ったマグカップを持って戻ってきた。

「少しは温まるんじゃないか」

凌太がマグカップを差し出した。

「ありがとうございます」

琴音はマグカップを受け取り、立ち上る湯気に息を吹きかけ、ひと口飲む。蜂蜜の濃厚な甘味の中にキリッとした生姜の辛みがあって、たちまち喉が温かくなった。

「おいしいです」

両手でマグカップを持って、少しずつ生姜湯を飲んだ。飲み終えてカップを膝の上に下ろしたとき、自動ドアの開く音が聞こえた。

「伊織くん、こっち」

珠希が言うと、伊織が急ぎ足で事務室に入ってきた。細身のネイビーのスキニージーンズにグレーのVネックカットソー、黒のダウンベストを着ている。

彼は琴音に近づいた。

「荷物は？」

「あ、すみません。バッグだけです」

琴音はハンドバッグを持って立ち上がった。

「持つよ」

伊織が右手を伸ばし、琴音は「ありがとうございます」と言ってバッグを預けた。

「じゃ、行こう」

「あ、はい」

琴音は珠希と淩太に向かってお辞儀をして、伊織に続いて事務室を出た。自動ドアから外に出たとたん、外気の冷たさに体を震わせた。

「大丈夫？」

伊織に気遣わしげな声をかけられ、琴音は笑みを作った。

「あ、はい。ご迷惑をおかけしてすみません」

「迷惑なんて思ってないよ」

伊織が言いながらエレベーターの下りボタンを押した。

お店にお客が残っていたはずなのに……と申し訳ない気持ちになりながら、開いたドアからエレベーターに乗り込んだ。エントランスから出ると左手に駐車場があり、伊織がキーをかざすと一番左に駐まっている黒のＳＵＶのハザードランプが点滅した。

「どうぞ」

伊織が助手席のドアを開けた。

「ありがとうございます」

琴音が乗り込み、伊織はドアを閉めて運転席にまわった。乗り込んでエンジンをかける。

「すぐに暖かくなるから。それまでこれでもかけておいて」

伊織は着ていたベストを脱いで琴音の膝の上にふわりとかけた。

「ありがとうございます」

「住所は？」

伊織に訊かれて、琴音は下新庄（しもしんじょう）にあるマンションの住所と目印を伝えた。

琴音がシートベルトを締め、伊織がサイドブレーキを解除してアクセルを踏んだ。車は静かに加速する。車内の暖かさもあって、琴音はほっとして座席に背をもたせかけた。


それからどれくらい経っただろうか。琴音はいつの間にかウトウトしていて、「着いたよ」という伊織の言葉で目を覚ました。目の前には見慣れたマンションがある。

「すみません。私、寝てたみたいで……」

琴音は喉が痛んで小さく咳をした。体がだるくて視界がにじんでいる。さっきまで寒かったのに、今は熱くて関節が痛い。熱が出たかもしれない。

「これ、ありがとうございました」

琴音は伊織にベストを返した。彼は受け取って運転席から下り、ベストを羽織る。流れ込んできた外気の冷たさが心地よくて、琴音は細く息を吐き出した。

外から伊織がドアを開けてくれたので、琴音は背もたれに手をつきながら車から降りた。脚がふらつき、とっさにドアにしがみついた。

「大丈夫？」

「すみません」

琴音はゆっくりとドアから手を離した。伊織が琴音の手からバッグを取る。

「部屋の前まで送るよ」

「迷惑ばかりかけて……ごめんなさい」

「迷惑なんて思ってないって言ったよ」

伊織の口調が少し怒っているように聞こえて、琴音は上目遣いで彼を見た。

「すみません」

「謝らなくていい」

「ホントにすみま……」

琴音はまた謝りそうになって口をつぐんだ。伊織が小さく笑みを零し、琴音は情けない顔になる。

「掴まって」

伊織が左腕を出し、琴音はおずおずとその腕に掴まった。エントランスから入ってエレベーターに乗る。二階で下りて二〇二号室へ向かおうとして、琴音の足が止まった。部屋のドアの前に、チャコールグレーのコートを着た男性が……瑛一郎が立っていたのだ。

「琴音さん？」

伊織に怪訝そうに声をかけられ、彼の腕を掴んでいた琴音の手に力がこもる。瑛一郎がゆっくりと廊下を歩いて琴音に近づいた。足を止めて伊織を見てから、琴音に挨拶する。

「こんばんは」

「……こんばんは」

琴音は小さな声で返した。退職してからも、やり場のない想いに苦しんできた。それほど好きだった相手が突然目の前に現れ、琴音は複雑な気持ちで視線を廊下に落とす。

瑛一郎の低い声が聞こえてくる。

「こちらは……新しい彼氏、なのかな？」

琴音はチラッと目を上げた。瑛一郎の視線は、伊織の腕に摑まる琴音の手に注がれている。

「彼氏じゃありません。アルバイト先の所長の弟さんです。私の体調が悪くなったので、送ってくれただけです」

「アルバイト……」

瑛一郎はつらそうに表情を歪めて呟いた。伊織が琴音にそっと囁く。

「ふたりだけにしたほうがいい？」

琴音は伊織の腕から手を離したが、首を横に振った。伊織はふたりの会話の邪魔にならないよう、数歩離れた。瑛一郎は琴音を見つめて言う。

「真帆が手をまわしたみたいで……会社を解雇されるまで追い詰めてすまなかった」

「どういうことですか？」

琴音はぼんやりと瑛一郎を見た。熱のせいで瑛一郎の姿が揺らいで見える。

「彼女の部屋で調査会社の報告書を見つけたんだ。問い詰めたら……二度目に俺に振られてから、調査会社を使って俺と琴音が付き合ってることを調べたって……。それだけじゃなく、俺から琴音を完全に遠ざけるため、琴音の解雇に繋がるような写真も撮らせたんだそうだ……」

「じゃあ、匿名メールの送り主は中村さんだったんですか……？」

琴音の問いかけに、瑛一郎は苦い表情で頷いた。

「まさか真帆がそんなことまでしてたなんて……。いくら俺のことを想ってくれてるんだとしても、重すぎるよ」

瑛一郎は深いため息をつき、琴音を熱っぽく見つめた。

「俺が心から安らげたのは琴音がそばにいてくれたときだけだったのに。どうして琴音の手を離してしまったんだろうって……すごく後悔してる」

瑛一郎が手を伸ばして琴音の手に触れようとするので、琴音は一歩後ずさった。

「お願いだ、琴音。俺のそばにいてほしい」

瑛一郎が一歩踏み出して琴音の手を取り、琴音はそれを振り払った。目に涙がにじみ、泣くまいと目頭に力を込めて瑛一郎を見る。

「『自分の行動に責任を持ちたい』って言ったのは瑛一郎さんじゃないですかっ。今さら私の手を取ってどうするつもりですか？」

「ただ琴音にそばにいてほしいんだ」

「中村さんのことはどうするの？　別れるの？」

瑛一郎は目を泳がせた。

「結局、中村さんとは結婚するんでしょう？　私は愛人になんてなりたくない。『私だけを大切にしてくれる人と幸せになる』ってある人と約束したんです。あなたは中村さんの手を取ったんだから、自分で言ったとおり、中村さんへの責任を果たしてください！」

大声でまくし立てたせいか、頭がクラクラして倒れそうになった。壁に手をついて体を支えたとき、瑛一郎が琴音に触れようとした。それを遮るように伊織が琴音に背を向け立ちはだかる。

「これ以上、琴音さんの中のあなたの思い出を汚さないであげてください」

「琴音の中の……俺の思い出……？」

「そうです。琴音さんはあなたの気持ちになって、身を引いたんです」

「だったら……まだ俺のことを想ってくれてるってことだよね……？」

琴音はなにも答えなかった。瑛一郎がすがるように言う。

「なあ、琴音、そうだろう？」

瑛一郎の声を無視して、琴音は壁に手をつきながら自分の部屋にたどり着き、バッグから鍵を取り出した。もう立っているのもつらいくらいだ。

「琴音！」

瑛一郎が悲痛な声を上げた。琴音は鍵を開けてドアノブに手をかけながら、振り向いた。

かつて大好きだった人の必死の表情が見える。

「さよなら、瑛一郎さん」

「琴音……」

すがるような表情の瑛一郎に、伊織が静かな声で言う。

「どうぞこのまま帰ってください」

琴音は玄関に入った直後、全身から力が抜けてその場に倒れ込んだ。

「琴音さんっ」

伊織が玄関の中に飛び込んで彼女を抱き起こし、額に触れて表情を曇らせる。

「ひどい熱じゃないか」

「あー……なんか……あはは」

琴音は力なく笑った。頬を涙が伝い、それを手の甲で拭った。脚を動かしてパンプスを脱ぎ捨てる。

「送ってくださってありがとうございました。もう大丈夫です」

「大丈夫なわけないよね」

伊織の怒った声が降ってきたかと思うと、次の瞬間、琴音は彼に抱き上げられていた。

「いっ、伊織さん!?」

琴音は驚いて声を上げた。伊織は彼女を抱えたまま部屋に入り、窓際のベッドに運んでそっと寝かせた。

「俺がいるのに、無理しないで」

「すみません……」

琴音はコートを脱いで床に落とし、毛布の中にもぞもぞと潜り込んだ。伊織はコートを拾ってハンガーラックにかけながら、琴音に尋ねる。

「なにか食べる？」

「今は……いいです」

琴音は毛布の中で体を丸めた。

「冷蔵庫、開けるよ」

伊織の声がして、琴音は小さく頷いた。伊織がスポーツ飲料の入ったペットボトルとグラスを持ってベッドに近づく。

「食欲はなくても水分は摂らないと」

「ありがとうございます」

琴音は肘をついて上体を起こし、グラスを受け取った。伊織がドリンクを注ぎ、それを口に含む。

「額に貼れる冷却シートはある？」

伊織に訊かれて琴音は首を横に振った。伊織は洗面所に向かい、少しして冷やしたタオルを持って戻ってきた。

「勝手に棚を開けてごめん。なにもないよりましかな」

伊織が琴音の額に濡れタオルを乗せた。そのひんやりとした感触に、琴音は深く息を吐き出した。

「キッチン借りるよ。なにか食べたくなったときに食べるものがないと困るだろうし、リゾットを作っておく」

「お願いします」

琴音はグラスを伊織に渡して、また毛布に潜り込んだ。キッチンのほうからフライパンを取り出す音や米を入れる音が聞こえてくる。以前琴音がこうしてベッドにいるとき、キッチンにいるのは瑛一郎だった。

それを思い出して、熱いものが目にじわじわと浮かぶ。

(どうして……今さらやって来て、私の心をかき乱すの……)

琴音は下唇を噛みしめて静かに泣いた。やがて米の炊けるいい匂いがしてきて、伊織の足音が近づいてくる。

「琴音さん、起きてる?」

伊織が声を落として琴音に呼びかけた。琴音は毛布から目だけを覗かせ、彼を見た。伊織は心配そうに彼女を見つめている。

「食べられそうなら、少しお皿に入れて持ってくるけど、どうする?」

「今はいいです」

「じゃあ、器に入れてラップをかけておくよ」

温かな声の主が遠ざかろうとするので、琴音は思わず声を上げた。

「伊織さん、待っ……」

今はひとりになりたくなかった。伊織は足を止めて振り返った。腰をかがめて琴音の額のタオルを取り上げ、そっと額に触れる。

「まだ熱い」

「うん……」

「つらいよね」

彼が額にタオルを戻し、琴音の髪に触れた。いたわるように撫でられ、思いやりに満ちた眼差しで見つめられて、琴音は口を開く。

「ひどい」

琴音の呟きを聞いて、伊織が手を止めた。

「ん？」

「今さらのこのこやって来てあんなことを言うなんて、ひどい。瑛一郎さんは……自分から中村さんの手を取ったのに。私の手を離したのに」

胸の中で渦巻く気持ちを言葉にしたとたん、目から新たな涙が零れた。

「私の手を……離したのに」

琴音は毛布から手を出して、天井へと伸ばした。かつてその手を握ってくれた瑛一郎は、自分から琴音の手を離したのだ。

「それなのに」

琴音の腕から力が抜けてベッドに落ちる寸前、伊織がその手を握った。

「キミが手を伸ばしたら、俺が握る。俺だけじゃなく、兄も、それに珠希さんだってきっと握ってくれる。だから、琴音さんはひとりじゃないんだよ」

伊織の大きな手が琴音の手を包み込んだ。彼の手の温もりと言葉に込められた優しさが伝わってきて、琴音は胸がじぃんとした。

「大丈夫」

伊織が囁くように言って、そっと琴音の頬に触れた。彼との距離が急に縮まって、照れくささと戸惑いを覚え、琴音はわざと顔をしかめた。

「伊織さんと凌太さんはいいけど、瀬川さんの場合は裏がありそう」

琴音の言葉を聞いて、伊織がふっと苦い笑みを浮かべる。

「まあ……珠希さんの場合は不純な動機があるかもしれない」

「でしょ⁉」

琴音は言って、頬に触れる伊織の手に自分の手を重ねた。口では文句を言いながらも、そばにいてくれる彼や珠希、凌太の存在を思うと、胸が温かく安らいでくるのだった。

☑Case04 大切に思うがゆえに 相田美雪の場合

その翌週の火曜日、すっかり元気になった琴音はイル・クオーレを訪ねた。ドアを開けると同時にウィンドチャイムが軽やかな音を立てる。

厨房にいた伊織が顔を上げ、琴音を見て表情をほころばせた。

「いらっしゃいませ」

「こんにちは」

琴音はぺこりと頭を下げて店内を見まわした。カウンターにはどこかのクリニックに勤めているのか、ピンクのナース服の女性が三人並んでランチを食べている。

「お好きな席へどうぞ」

伊織に言われて、琴音は一番奥のカウンター席に向かった。コートを脱いでバッグと一緒にカゴに入れる。

黒板に書かれたメニューを見ながらなにを食べようか考えていると、入り口近くのテーブル席からカップルが立ち上がった。パンナコッタの皿とコーヒーを持って厨房から出てきた伊織が、「少々お待ちください」と言い、奥のテーブル席の女性ふたりにデザートを給仕する。

「お待たせしました」

そうしてすぐさまレジに向かい、カップルの会計処理を終わらせた。

伊織は客を見送り、次はカプチーノを三つ用意した。それをカウンター越しに三人の女性客の前に置く。

「お待たせしました。どうぞ」

相変わらず店は繁盛しているようだ。一段落したのか、伊織が琴音に近づいた。

「元気になった？」

「はい。おかげさまで」

琴音は右手で力こぶを作る仕草をして見せた。伊織がふっと微笑んで、自分の胸に親指を立てて当てる。

「心（こっち）も？」

伊織に訊かれて、琴音は彼と同じように微笑んで頷いた。あのときの彼の言葉にどれほど救われたことか。

「はい」

「よかった。今日はなにが食べたい？」

「あ、えっと、〝カキと水菜のスパゲッティ〟をお願いします」

「かしこまりました」

伊織は返事をすると同時にパスタの分量を量って茹ではじめた。ニンニクを包丁の腹でつぶしてオリーブオイルとともにフライパンに入れる。ほどなくしてニンニクの香りが立ち上り、赤唐辛子を加えた。そこへきれいに洗って下味を付けたカキを入れ、ぷっくり膨らんだところに白ワインを加え、フライパンを揺すりながら水分を飛ばす。

カキのパスタを作っているところを見るのも、食べるのも初めてだ。

琴音がワクワクしながら見ているうちにパスタが茹で上がった。伊織はそれをフライパンに加え、水菜、パルミジャーノチーズ、オリーブオイルとともにトングを使って丁寧に和えた。それを白い丸皿に形よく盛りつける。

「お待ちどおさま」

カウンターに置かれたパスタの皿を見て、琴音は目を輝かせた。カキにほんのりとついた焦げ目と水菜の鮮やかな緑色に食欲がそそられる。

「んー、おいしそう！　いただきますっ」

琴音はフォークとスプーンを取り上げ、スパゲッティを巻きつけて口に入れた。カキのうま味がソースに出ていて、シャキシャキ感の残る水菜に絡んで絶品だ。

しかもニンニクと赤唐辛子がカキの甘みを何倍にも引き上げる。なんておいしいんだろう。

琴音が悶絶しそうになりながら食べている横で、女性三人が食べ終わり、伊織は会計をして見送った。

「ありがとうございました」

ウィンドチャイムの音とともにドアが閉まり、伊織は小さく息を吐いた。

「お疲れ様」

琴音の声に、伊織は厨房へ戻りながら振り返った。

「ありがとう。ランチタイムはこれで一段落かな。琴音さんはこれから上に行くの？」

琴音はフォークを止めて答える。

「うん。子供のお迎えとか家事代行のスタッフの仕事もあるって瀬川さんが言ってたから、この際、エージェント・エスに登録しようと思って」

「そうなんだ。正式にスタッフになるんだね」

「正式ってわけじゃなくて、正社員の仕事が見つかるまで、期間限定の臨時スタッフとして、なんだけど」

「エージェント・エスの仕事は好きじゃない？」

伊織に訊かれて、琴音はフォークを持った手を顎に当てた。

「ううん。誰かに必要とされているんだって思えるし、人の役に立ててるから、そのことにやりがいは感じているけど……。定期的に仕事をもらえるわけじゃないから。実は両親にまだ仕事をクビになった……っていうか辞めたって言ってなくて。できれば定収入がもらえる仕事に就いてから、両親に瑛一郎さんのことも含めて報告しようかなって思ってて」

琴音は曖昧に微笑みながら言った。

「あまりひとりで抱え込んじゃダメだよ」

伊織の思いやりのこもった声に、琴音は胸が温かくなる。

「大丈夫！　こうして伊織さんのおいしい料理を食べたら嫌なことは吹き飛んじゃう！」

「嬉しいことを言ってくれるね。おまけにパンナコッタをつけてあげようか」

「えー、やった！　さっすが伊織さん！　伊織さん以上に料理がうまくて優しい男性はいないよー」

「そこまで褒めるとわざとらしいな。やっぱりおまけはなし」

伊織に意地悪く言われて、琴音は「えーっ」と情けない声を上げた。

「嘘だよ」

伊織が小さく声を出して笑い、つられて琴音も笑顔になった。

伊織は以前よりよく笑うようになった。彼の楽しげな表情を見て琴音は嬉しくなりながら、スパゲッティを口に運んだ。


おいしいランチにデザートまで堪能したあと、琴音は軽い足取りでエレベーターに乗り、エージェント・エスに行った。凌太に連れられて事務室に入ると、珠希は電話中だった。

「これに入力して」

凌太が琴音にノートパソコンを向けた。モニタには、〝スタッフ登録簿〟というタイトルの入力用フォーマットが表示されている。

「スタッフはみんなここに来てこれに入力するんですか？」

琴音は凌太を見て言った。

「いいや。スタッフ募集はオンラインでも受け付けているから、自宅で入力して送信することもできる」

琴音はモニタに向き直り、入力をはじめた。住所、氏名、生年月日、学歴、資格などの項目は普通の履歴書と変わらないが、ほかに身長や趣味を入力する欄や、代行可能分野を選ぶ欄もあった。琴音が趣味を入力し終えると、珠希が電話を切ってひょいと覗き込んだ。

「ふーん、趣味は写真、読書、散歩、お菓子作り、ね。あなたらしいわね」

琴音は驚いて反射的に両手を広げてモニタを隠し、珠希が苦笑する。

「どうせあとで見るんだから」

「あ、そうですよね」

琴音は小さく舌を出し、続きを入力しはじめた。代行可能分野はあらかじめ選択肢が挙げられていて、対応可能な選択肢のチェックボックスにチェックを入れる仕組みになっている。

子供のお迎え、買い物、ペットの散歩なら自分にも代行できるだろうか。

琴音が考えながら手を止めると、珠希が細くてきれいな指先で〝家事代行〟という文字を差した。

「ひとり暮らしなんだし、料理や掃除くらいできるわよね？」

「まあ……人並み程度には」

珠希が家事代行のチェックボックスにチェックを入れた。

「じゃあ、早速今日から代行してちょうだい」

「ええっ、いきなり今日から!?」

「そう。掃除と夕食の準備に行ってる山崎さんって四十五歳のスタッフがいるんだけど、彼女のピンチヒッターとして行ってほしいの」

「四十五歳って……そんなベテランの方のピンチヒッターが私に務まるとは……」

珠希が左手を顎に当てて思案顔になる。

「山崎さんのお母さんが倒れてしまったんですって。急遽入院したそうよ。大変よね。あんまり急だからうちも困ってるの。山崎さん、今週いっぱい休みたいそうなんだけど、あなたが無理だって言うなら、山崎さんには悪いけど休みは諦めてもらうしかないわね……」

珠希に責めるような視線を送られ、琴音は悩んで眉を寄せた。

山崎には休みをあげたいが、掃除はそれほど得意ではない。料理だってひとり暮らしをはじめてからしかまともにやっていないのだ。

「でも、山崎さんがどうしても休みたいって言ったらどうしようかしら。依頼人の相田美雪さん、ものすごく困るでしょうねぇ。一年半前、ご主人を病気で亡くして、外資系企業の役員秘書を続けながらひとりでお子さんを育ててるのに……」

珠希の話を聞いて、琴音の眉間のしわが深くなる。

夫を病気で亡くして、ひとりで仕事も子育てもこなさなくてはいけないとは。その悲しみと大変さは琴音には想像もできない。

自分が引き受けることで山崎と相田の役に立てるのなら……。琴音は目を潤ませて珠希を見た。

「わかりました、私が行きます！　山崎さんにはお休みをあげてくださいっ！　しっかり相田さんのお手伝いをさせていただきますっ！」

珠希が口の端に笑みを浮かべた。

「よかった。じゃあ、山崎さんの代わりに四日間、相田さんと小学三年生のお子さんのために掃除と夕食の準備をお願いね」

「はい」

琴音はもうやるしかない、と覚悟を決めて頷いた。

「相田さんには臨時スタッフが行くことを伝えておくわ。これが相田さんのファイル」

珠希が言ってパソコンを操作し、モニタを琴音のほうに向けた。そのファイルによると、美雪は三十八歳で、一年五ヵ月前からエージェント・エスに掃除と夕食の準備を依頼しているそうだ。

子供は翔琉（かける）という小学三年生の男の子。食欲旺盛な年頃だ。

珠希が美雪の携帯に電話をかけている横で、琴音は相田家の情報と、これまでに山崎が入力した家事代行の報告内容を頭に入れた。

＊＊＊

美雪と翔琉の暮らすマンションには五時半に着く約束だった。琴音はＪＲ天王寺駅で電車を降りて、駅前の大型スーパーで食材を購入し、地下鉄に一駅乗って目的のマンションに向かった。母子が暮らすのは、ノーベル賞を受賞した学者が通っていた高校もある、いわゆる文教地区と呼ばれる地域のまだ新しいマンションだ。駅から地図アプリを頼りに歩いていた琴音は、近くに大手百貨店傘下の高級スーパーがあるのに気づいた。

　明日からはここで買い物すれば便利だろう。

　そんなことを思いながら、樹木の植えられた前庭を抜けてエントランスに入った。自動ドア前のオートロックパネルに一五〇五と数字ボタンを入力し、呼び出しボタンを押す。すぐに「はい」という男の子の声が聞こえてきた。

「こんにちは、エージェント・エスの塚口琴音です。山崎さんの代理で来ました」

　琴音が言うと、丁寧な返事が返ってくる。

「こんにちは。今開けますのでお待ちください」

　直後、オートロックの自動ドアが開いた。中に入ってエレベーターで十五階に上がる。共用廊下の中ほどにある部屋のドアが開いて、八、九歳くらいの男の子が顔を覗かせた。髪は短くカットされて清潔感があり、利発そうな表情をしている。白地に青のチェック柄のシャツと黒のストレッチパンツという恰好だ。

「翔琉くんですか？　塚口です」

「はい。今日はわざわざありがとうございます」

翔琉は共用廊下に出て、礼儀正しくお辞儀をした。

「どうぞお入りください」

そう言って琴音のために大きくドアを開ける。

ずいぶんしっかりしている少年だ。さすが、母親が外資系企業の役員秘書だけある。

琴音は感心しながら中に入り、勧められたスリッパに足を入れた。翔琉に案内されてリビングに向かうと、二十畳ほどあるリビング・ダイニングはきちんと片づいていて、チリひとつ落ちていない。

汚れているようには思えないが、そこと六畳の子供部屋を掃除する契約になっている。

琴音は翔琉に向き直った。

「荷物を椅子に置いてもいいですか？」

「どうぞ」

琴音はコートとバッグをダイニングの椅子に置いた。

「掃除機とぞうきんを借りますね」

「はい。僕はワークをするのでよろしくお願いします」

「ワーク？　ワークって宿題？」

琴音が不思議に思って訊くと、翔琉はにっこり笑った。

「宿題は学童で終わらせました。ワークは自主学習です」

琴音は翔琉の聡明な受け答えに驚きながら、山崎の書いたファイルのメモを頼りに、廊下の物入れを開けて掃除機を取り出した。今盛んにCMされているサイクロン式の掃除機だ。それを使ってリビング・ダイニングから廊下、子供部屋を掃除する。子供部屋の本棚には、教科書のほかに図鑑や辞典が整然と並んでいて、学習机の上もすっきりと片づいていた。

琴音が子供の頃は、部屋もデスクの上も散らかり放題で、母親に『片付けなさい！』としょっちゅう怒られていたことを思い出す。

翔琉くんは几帳面なのかな、などと思いながら、琴音は掃除機をかけ終え、固く絞ったぞうきんでフローリングを拭きはじめた。

きれいすぎてぜんぜんぞうきんが汚れず、こんなに楽でいいのだろうか、と申し訳ない気持ちにすらなる。

山崎の報告書には、月曜日の夕食にカレイの煮付けとほうれん草のおひたし、カボチャのそぼろ煮と味噌汁を作ったとあった。掃除が楽だった分、料理で腕を振るおうと思ったが、今日は小学生男子の好きそうなカレーライスを作るつもりにしていた。

腕を振るうというほどでもないかと、琴音は内心苦笑しながら、リビング・ダイニングと壁で仕切られたキッチンに入った。炊飯器をセットし、野菜を切って牛肉と一緒に炒めて煮込み、カレーを作る。付け合わせにマカロニサラダを作り、レタスを敷いた白い皿に形よく盛りつけ、プチトマトとくし切りにしたゆで卵を添えた。

すべての料理を終えて、琴音はエプロンを外してリビングを覗いた。翔琉はワークを終えて本を読んでいるところだった。

「なに読んでるの？」

琴音が声をかけると、翔琉は本から顔を上げた。

「世界の偉人伝です」

「難しそうなのを読んでるんだね。将来、翔琉くんも発明家とかになるのかな？」

翔琉は真面目な顔で答える。

「人の役に立つ仕事ができればいいなと思っています」

まだ小学三年生なのに、なんていい子なんだろうか。思わず抱きしめたくなったが、さすがにそれは思いとどまった。

「偉いんだね」

琴音が気持ちを込めて褒めると、翔琉はにこっと笑った。

「お腹空いてない？」

琴音が言ったとき、炊飯器が電子音を鳴らし、ご飯が炊きあがったことを知らせた。リビングの掛け時計を見たら、七時を数分過ぎたところだ。琴音の派遣時間は七時までで、契約では食事の準備を終えたら派遣は終了ということになっている。

「翔琉くんのお母さんはいつも遅いんだよね？」

「はい。だいたい九時に帰ってきますが、十時を過ぎることもあります」

そんな時間までひとりきりでこの広い部屋にいる翔琉を、琴音は不憫に感じた。

「私は急がないから、食べる間、話し相手になってもいいよ。もちろん、私が勝手にやることだから、お代はもらわないし」

翔琉が喜んでくれたらいいなという気持ちで琴音は言ったが、翔琉はにっこり笑って首を横に振った。

「大丈夫です」

「じゃあ、せめてお皿によそってから帰るね」

琴音が食器棚に近づこうとすると、翔琉が「いいです！」と大きな声を上げた。

「えっ」

大声に驚いて琴音は翔琉の顔を見た。

「ホントに？」

翔琉はすぐに笑顔を作って答える。

「はい、慣れてますから。とてもおいしそうなカレーを作ってもらっただけで嬉しいです。塚口さんは心配しないで帰ってください」

「翔琉くんがそう言うなら……」

翔琉が促すように立ち上がったので、琴音はコートとバッグを持って玄関に向かった。

見送りについてきた翔琉がぺこりとお辞儀をする。

「塚口さん、ありがとうございました。さようなら」

翔琉の丁寧な口調につられて、琴音もかしこまって返事をする。

「どういたしまして。では、さようなら」

琴音が廊下に出ると、ドアが閉まってカチャンと鍵をかける音が聞こえた。

自分が子供の頃とは大きな違いだ。小学三年生なのに本当にしっかりしている。

琴音は感心しながら、エージェント・エスに戻るべくエレベーターに向かった。

＊＊＊

翌日も午後五時半に琴音は翔琉の家を訪れて、掃除をはじめた。とはいえ、昨日同様、掃除をする必要がないくらいきれいだ。

翔琉の母親は毎日掃除をしなくても汚れないくらい家にいる時間が少ないのだろうか。

外資系企業の役員秘書って大変なんだな、などと思いながら琴音は掃除を終え、トンカツ作りに取りかかった。付け合わせのグラッセを作るために、ピーラーでニンジンの皮をむいているうちに、いいことを思いつく。

昨日のカレーが余っていたら、カツカレーにするのもいいだろう。ボリュームもたっぷりで、育ち盛りの男の子にぴったりだ。

琴音はニンジンの皮を捨てようと、〝生ゴミ〟シールの貼られたペダルペールのペダルを踏んで蓋を開け、目を見開いた。ペダルペールの中に、小さなビニール袋に入れられてカレーが捨てられていたのだ！

　琴音は信じられない思いでしばらくそれを眺めていたが、気を取り直しニンジンの皮を捨てて蓋を閉めた。

　作り過ぎてしまったのだろうか。捨てるなんてもったいないけれど、カレーを二日続けて食べるのは嫌だと言ううちもあるようだからと、気にしないことにする。

　翔琉にカツカレーを提案することは諦めて、当初の予定どおりトンカツを作り、キャベツの千切りとニンジンのグラッセとともに盛りつけ、味噌汁をよそって帰った。


　翌日は得意の唐揚げを作ることにして、琴音は買い物をしてから相田家に向かった。

　いつものように翔琉が一五〇五室のドアを開けて、礼儀正しく挨拶をする。

「こんにちは」

「それじゃ、今日も掃除からはじめるね」

　琴音が掃除をしている間、いつもどおり翔琉は静かにワークをしていた。掃除を終えた琴音が調理に取りかかる頃には、翔琉は読書をしている。今日は昔の暮らしがわかる『絵事典』を読んでいる。

　琴音は自分が小三の頃はおとぎ話ばかり読んでいたことを思い出して、少し恥ずかしくなった。

　付け合わせのポテトサラダ用のジャガイモの皮をむき、それを捨てようとペダルペールを開けた琴音は、ピタリと動きを止めた。ゴミ箱の中に、くしゃくしゃになった新聞紙が入っていて、その間から昨日のトンカツやキャベツが覗いているのだ。

（どうして……？）

琴音は悲しくなってキッチンからリビングを覗き、翔琉に声をかけた。

「翔琉くん、お母さん、昨日帰ってくるの遅かったの？」

翔琉は本から顔を上げて答える。

「昨日はいつもより遅くて十時半に帰ってきました」

そうしてすぐにまた絵事典に目を落とした。琴音はキッチンに戻りながら考え込む。

美雪は帰宅が遅かったから、揚げ物は嫌だったのだろう。自分だって十時を過ぎたら揚げ物は遠慮したい。美雪は食べる気になれなくて食事を抜いたに違いない。申し訳ないことをしてしまったと、琴音は自分の配慮の足りなさに気づいた。

翔琉の好きそうなものばかり考えていたが、遅く帰ってくる美雪のことも考えなければならなかったのだ。

今ある材料で作れそうな和食のメニューを調べようと、バッグからスマホを取り出し、レシピサイトを開いた。キッチンカウンターに置いた鶏肉や野菜を見ながら、検索窓に材料を入力した。表示されたレシピ一覧をスクロールしながら頭を悩ませる。

（〝鶏肉とゆで卵のこってり煮〟じゃ濃そうだし……カレー風炒め物は火曜日がカレーだったから避けたい……）

スクロールしていくうちに和風煮物のレシピを見つけた。

手順をざっと読むと、肉じゃがの肉を鶏肉にしただけのような気もしたが、サイトでは人気のレシピらしい。利用者から〝簡単なのにおいしい！〟など、コメントがいくつも寄せられていた。

ほかにひじきの煮物とほうれん草のごま和え、シメジとナメコの味噌汁を作って、額の汗を拭った。

ほうれん草はベーコンとコーンと一緒にバターでソテーにするつもりだったので、多めに買ったほうれん草やベーコン、コーンの缶詰が余ってしまった。それは明日使えばいいだろう。

煮物の味見をすると、出汁の効いた優しい味付けに仕上がっている。これなら遅く帰ってきても食べやすそうだと琴音は胸を撫で下ろし、相田家を出た。


エージェント・エスに戻って事務室に入り、琴音は今日の報告をパソコンに入力しはじめた。内容を珠希に確認してもらおうと思ったが、事務室にも給湯スペースにも珠希の姿はない。

「凌太さん、瀬川さんは？」

琴音は給湯スペースでコーヒーを淹れていた凌太に訊いた。

「珠希はイル・クオーレで食事中。報告書なら俺がチェックするよ」

「お願いします」

琴音は事務室に戻って報告書を保存する。凌太が右側のデスクに座って別のパソコンを操作した。そうして琴音が入力したばかりの報告書を表示させ、それに目を通しながら言う。

「今日はメニューを変更したのか。〝鶏肉の和風煮〟ってどんなの？」

「えっと、肉じゃが風の味付けです」

「それっておいしいの？」

凌太に訊かれ、琴音は肩を縮込めた。

「お、おいしい……と思います」

牛肉を買い直して作ったほうがよかったのかな、と琴音が思ったとき、凌太が顔を上げて琴音を見た。

「相田さんから昼休みに電話があって、『同じ家事代行スタッフでも料理の出来は違うんですね』って言われたんだ。間接的に琴音ちゃんの料理が気に入らないって意味だと思う」

「えっ」

琴音の脳裏に、ゴミ箱に捨てられた料理の無残な姿が蘇った。

(私の料理……まずかったの？　だから捨てられたの!?)

一生懸命作ったのに、と琴音は悲しくなって視線を落とした。

「とにかくあと一日、山崎さんが戻ってくるまで、なんとか相田さんの口に合う物を作って凌いでほしい。なんなら伊織になにか教えてもらってくれ」

「そう……します。喜んで食べてもらえるようなおいしくて豪華な料理を伊織さんに教えてもらいます……」

琴音は一礼してエージェント・エスを出て、エレベーターで一階に下りた。重い気持ちのままイル・クオーレのドアを開ける。

「いらっしゃいませ、こんばんは」

カウンターの向こうから伊織が笑顔を見せた。琴音は会釈をして、カウンター席にいる珠希を見つけ、隣に腰を下ろした。

「お待たせしました」

伊織が珠希の前に熱々のラザニアの皿を置き、琴音を見て小さく首を傾げた。

「元気ないね？」

「あー……」

琴音は店内を見まわした。琴音が座って店内は満席になったが、どの席の客も料理を食べることに集中している。

「少し……相談に乗ってほしいんだけど……今、大丈夫？」

「ああ」

伊織は琴音の前に水を入れたグラスを置いた。琴音は「ありがとう」と言って、水をひと口飲んで話を切り出す。

「今、家事代行をしてるんだけど……一生懸命考えて作ったつもりだったんだけど、料理を気に入ってもらえなかったみたいで、次の日に行くとゴミ箱に捨てられてたの」

「えっ」

「二日連続」

「捨てるなんてひどいな」

伊織が顔をしかめた。

「私、そんなに料理が下手なつもりはなかったんだけど……依頼人が住んでいるのは高級住宅地だから、もしかしたらもっと豪華な料理がよかったのかなって思って」

「そうなの？　じゃあ、あまり手間がかからないけど豪華に見える料理を考えようか」

伊織が顎に右手を当てたとき、それまでじっとふたりのやり取りを聞いていた珠希が言葉を挟んだ。

「あのお宅、小学三年生の息子さんがいるわよね」

「はい」

琴音は珠希を見た。珠希はラザニアにフォークを入れながら、琴音にチラリと視線を送る。

「豪華なものを作るより、子供さんと一緒に作ってみたら？」

「えー……そんなこと……」

子供と一緒に作るとなると、それほど手の込んだものが作れなくなる。ますます美雪に食べてもらえなくなるんじゃないだろうか。琴音は不安になったが、伊織は大きく頷いた。

「うん、いいアイディアだ。子供さんが作ったら、いくら味にうるさいお母さんでも捨てないと思う」

「そっか……そうですよね！」

伊織に言われて、琴音は気持ちが軽くなってきた。

「じゃ、一緒に作るならなにがいいかさっそく考えなくちゃ！　アドバイス、ありがとうございます！」

琴音はパッと椅子から立ち上がった。

「なにも食べずに帰るの？」

珠希がそう言いながら口にラザニアを入れるのを見て、琴音のお腹がぐぅと音を立てた。

「あ……はは、やだな。そうですよね」

琴音は頬を染めてすとんと椅子に座った。

「珠希さんが食べてるのを見たら、同じものを食べたくなっちゃった。ラザニアをお願いします」

伊織がふわりと微笑んだ。

「すぐにできるから」

「はい」

隣から漂ってくるチーズの焦げた匂いにまたお腹が鳴りそうで、琴音は腹筋に力を入れた。

＊＊＊

翌金曜日。琴音はハンバーグの材料を買って相田家に乗り込んだ。

「こんにちは、どうぞ」

これまで同様、翔琉は礼儀正しくドアを開けてリビングに向かった。琴音はキッチンに行き、そっとゴミ箱のペダルを踏んだ。危惧していたとおり、今日もゴミ箱に昨日の料理が捨てられている。

レシピサイトでは〝おいしい〟と評判だったのに……。

琴音は肩を落としたが、気持ちを切り替えて掃除に取りかかった。リビングと廊下、子供部屋に掃除機をかける。翔琉はダイニング・テーブルに着いてワークをしていたが、琴音が掃除機をかけ終える頃には、著名な日本人童話作家の本を読んでいた。真剣な表情で文字を追っている彼に、琴音は明るく声をかける。

「ねえ、翔琉くん、今日は一緒にハンバーグを作らない？」

「え？　どうしてですか？」

翔琉は本から顔を上げ、戸惑った表情で琴音を見た。

さすがにお母さんが食べてくれないから、とは言えないので、琴音は曖昧に笑って返事をする。

「やー、なんていうか、一緒に作ったら楽しいかな〜なんて」

「でも、僕はまだ読書の途中なんです」

「その本は図書館かどこかで借りた本なの？」

「ううん」

「じゃあ、続きが気になるかもしれないけど、別に急いで読まなくてもいいんじゃないかな？　ハンバーグを作るの、手伝ってほしいの」

琴音が両手を合わせてお願いのポーズをすると、翔琉はしぶしぶといった表情で本を閉じた。

「わかりました」

「やった、ありがとう！」

「僕はなにをすればいいですか」

翔琉がキッチンに入ってきた。

「翔琉くん、まずはエプロンしよっか」

琴音が自分のエプロンを貸そうとすると、翔琉は首を横に振った。

「自分のを持ってます」

そうして子供部屋に行き、クローゼットの衣装ケースからデニム生地のエプロンを取って戻ってきた。

「わ、かっこいいエプロン」

琴音の言葉を聞いて、翔琉は照れ笑いを浮かべた。それが恥ずかしいのか、わざと難しそうな表情を作って言う。

「お小遣いで買ったんです」

「そうなんだ。お母さんのお手伝いをよくするの？」

「……別に」

翔琉は小声で言って、エプロンを着けた。琴音は自分もエプロンを着けて、冷蔵庫から食材を取り出す。

「タマネギの皮むきならできるかな？」

琴音がタマネギを差し出すと、翔琉は不満そうに頬を膨らませた。いつも利発そうな笑みを絶やさない彼がそんな表情をしたのは初めてで、琴音は驚いた。翔琉はタマネギを受け取って、怒ったような低い声で言う。

「切るのだってできる」

「そうなんだ。すごいね！　でも、ケガしたらいけないから、切るのは私がやるね」

翔琉はタマネギの皮をきれいにむいて、まとめてシンクの三角コーナーに入れた。琴音が包丁でタマネギを二等分したのを見て、翔琉は顔をしかめて一歩下がる。

「ゴーグル、いる？」

翔琉に言われて、琴音は「え？」と彼を見た。

「涙、出るでしょ」

琴音は思わず笑みを零した。

「タマネギは冷蔵庫に入れて冷やしておいたら、切っても涙が出ないよ」

「そうなんだ」

琴音が平気な顔でタマネギをみじん切りにするのを見て、翔琉は琴音に近づいた。そうして一心に琴音の手つきを見ている。琴音は小さな弟ができたようで嬉しくなった。

「次はニンジンの皮をむいてほしいんだけど……これ、ピーラーって言うの。使ったことある？」

琴音はピーラーを翔琉に見せた。

「ある」

翔琉はひったくるようにして琴音の手からピーラーを取り、ニンジンの皮をむきはじめた。手つきはぎこちないが、真剣な表情でゆっくり丁寧に皮をむいている。

その間、琴音はタマネギを炒め、粗熱が取れてから一番大きなボウルに入れた。そこへパン粉と卵、挽肉、調味料を加える。

「これをこうやって捏ねるの」

琴音は片手でボウルを押さえて、翔琉に見本を見せた。

「翔琉くんもやってみて」

翔琉は無言で両手をボウルに入れた。

「しっかり捏ねるとおいしくなるんだよ」

琴音の言葉を聞いて、翔琉が両手で捏ね始めた。琴音が押さえていてもボウルがゴトゴト動いて材料が零れてしまう。

調理台が汚れても、美雪が食べてくれるなら構わない。あとできれいにしよう、と思いながら、琴音は翔琉の作業を見守った。翔琉は鼻の頭に汗を浮かべながら、一生懸命に捏ねている。

粘りが出てきたのを見て、琴音は翔琉に言う。

「このくらいでいいよ。じゃあ、次は成形ね」

琴音は手のひらにサラダ油をつけて、翔琉が捏ねたタネを手のひらに載せた。

「こうして……手のひらに打ちつけるようにして空気を抜くと、焼いたときに破裂しないんだよ」

琴音は両手でキャッチボールをするようにしながらタネを投げて空気を抜いた。それをハート型に整えて、大皿の上に置く。

「なんでハート型にするの？」

翔琉が手にサラダ油をつけながら言った。

「可愛いでしょ。翔琉くんのお母さんが喜ぶと思うんだ」

「ふぅん。ハンバーグがハート型だと嬉しいものなんだ」

「そうじゃないよ。翔琉くんが作ったものならなんでも、お母さんはきっと喜ぶと思うの」

「どうして？」

翔琉が手を広げたので、琴音はタネを取ってその手の上に載せた。

「どうしてって……お母さんは翔琉くんのことが大好きだから」

琴音が言った直後、翔琉が手を握りしめた。指の間からタネがぐちゃりとはみ出て、キッチンカウンターの上に落ちる。琴音が驚いて翔琉を見ると、彼の頬は真っ赤に染まり怒った表情になっていた。

「そんなわけない！」

「え？」

翔琉は右手でカウンターを叩いた。タネがシンクにまで飛び散る。

「だって、お母さん、いつも家にいないし、ぜんぜん知らない人をうちに入れて、料理や掃除をやらせてる！　本当に僕のことが好きだったら、知らない人に僕の面倒を見させたりしない！」

翔琉が大声で言ったとき、廊下のほうでドサリとなにかが落ちる音がした。

（なに？　泥棒⁉）

琴音はシンク下の引き出しを探ってすりこぎを見つけ、それを握りしめてキッチンから飛び出した。おそるおそる廊下を覗くと、そこにはベージュのスーツを着た女性がいた。足元にバッグが落ちていて、呆然と立ちすくんでいる。

「あ」

さらさらのボブカットと知的そうな雰囲気から、写真で見た依頼人の相田美雪だとすぐにわかった。

ショックを受けたような表情をしているのは、さっきの翔琉の言葉が聞こえたからなのだろう。

琴音は雰囲気を和ませようと、明るい声を出す。

「お、おかえりなさい！　いつもお仕事お疲れ様です！　今日はお早いんですね。あの、今日は翔琉くんと一緒にハンバーグを作ってるんです」

「翔琉と一緒に……？」

美雪はぼんやりと呟いた。

「そうなんです！　頑張って作ってくれてるんです！　だから、あの、お口に合わなくても捨てずに食べてもらえませんかっ？」

琴音は訴えるように言い、美雪が怪訝そうな表情になる。

「捨てずにってどういうこと？」

「え？　あの、だって、火曜日のカレー、水曜日のトンカツ、昨日の煮物もゴミ箱に捨てられていましたよ」

「なんですって？」

美雪はつかつかとゴミ箱に近づき、ペダルを踏んで蓋を開けた。中を見て、「どういうこと？」と翔琉を見た。その険しい口調に琴音の心臓がキュッと縮み上がった。琴音の隣では、翔琉が両手で拳を作って唇を震わせている。

ふたりの様子を見て、琴音は気づいた。

「もしかして……料理を捨てたのって翔琉くん？」

琴音が小声で問いかけると、翔琉は目に涙をにじませながら叫ぶように言う。

「そうだよ！　僕が捨てたんだ！　そしてお母さんの分の料理を僕が作った。お小遣いはいっぱいあるし、買い物だってひとりで行ける！　料理だってできるんだ！　知らないおばさんやお姉さんじゃなく、僕がお母さんを助けてあげる！　お父さんと約束したんだ！　お父さんの代わりにお母さんを助けてあげるって。だから、だから……知らない人はうちにいらないんだ。僕はお母さんと……」

翔琉の目から涙が溢れ出し、頬を伝ってポタポタと床に落ちた。

「翔琉っ」

美雪が駆け寄り、翔琉をギュッと抱きしめた。

「火曜日から、ずっと翔琉が作ってくれてたの？」

「わぁぁ……ん」

翔琉は声を上げて泣きながら何度も頷いた。

「翔琉……」

翔琉は美雪にしがみつき、しゃくり上げて言う。

「僕がお母さんを……助けてあげるって言いたかったけど……お母さん、『あんまりおいしくないね』って……ひっく……言う……から……」

「だから、本当のことを言えなかったの？」

美雪が翔琉の背中を撫でながら優しい声で問いかけた。翔琉は頷き、顔を上げてトレーナーの袖で涙を拭った。

「お母さんが毎日遅くまで頑張ってくれてるのは……僕のためだってわかるよ。でも、ホントは出張にも行かないでほしい。授業参観にも来てほしい」

「……ごめんね」

美雪がぽつりと言った。翔琉に訴えるように見つめられて、美雪の目にも涙が浮かんだ。翔琉が声を上げて、美雪が静かに肩を震わせてふたりが抱き合って泣くのを、琴音は黙って見つめた。

（翔琉くんは……いつもニコニコしてていい子だなって思ってたけど……本当はいっぱい我慢してたんだ……）

それを思うと目頭が熱くなり、琴音はすんと鼻を鳴らした。

やがて少しおちついたのか、美雪が体を起こして翔琉の両肩にそっと手を置いた。

「お母さんのために料理をしてくれる翔琉の気持ちはとっても嬉しいわ。でもね、食べ物は粗末にしちゃいけないの。それはわかるわよね？」

美雪に言われて、翔琉はうなだれた。

「うん。ごめんなさい……」

「塚口さんにも謝らなくちゃダメよ。私たちのために作ってくださっていたんだから」

翔琉は頷いて、琴音に向き直った。真っ赤な目で琴音を見て口を開く。

「塚口さん、せっかく作ってくれた料理を捨ててごめんなさい」

琴音は目を潤ませたまま、黙って頷いた。

美雪が立ち上がって翔琉の肩をぽんぽんと軽く叩く。

「それで、今日は塚口さんとハンバーグを作ってくれてたのよね？」

「うん」

「じゃあ、お母さんがおばあちゃん直伝の特製ソースを作るわ」

「ホント？」

翔琉がパッと顔を輝かせた。

「ホントよ。だから、翔琉は塚口さんと一緒にハンバーグを焼いてちょうだい」

美雪は琴音に向き直り、まだ涙で濡れている瞳で琴音を見た。

「いつもありがとうございます。翔琉があなたのお料理を捨てていたとは知らず、エージェント・エスに苦情を言ってしまいました。申し訳ありません。あとで電話を入れてきちんと訂正しておきますね」

「あ……はい」

「それじゃ、ハンバーグの続きを作りましょうか」

美雪が言ってスーツのジャケットを脱ぎ、ブラウスの袖をまくった。

「お母さん、僕、大きなハートのハンバーグを作るよ！　お母さんにあげるから！」

「まあ、嬉しい」

涙の跡を残しながらも微笑み合う母子を見て、琴音は胸を熱くしながら、シンクに落ちていたタネをそっと片づけた。

＊＊＊

それから六日後の木曜日、琴音はエージェント・エスの事務室で、目を細めながら三つ葉のクローバー模様の便箋を眺めていた。何度読んでも胸がじぃんとする文面だ。琴音が微笑んだとき、珠希が事務室に入ってきて呆れた声を出した。

「ひとりでニヤニヤして気持ち悪い」

「き、気持ち悪いって！」

琴音は便箋から顔を上げて不満げに珠希を見た。美人すぎる副所長は相変わらずの無表情だ。

とは言え、珠希が『子供さんと一緒に作ってみたら』というアドバイスをくれて、うまくいったことは事実なので、文句は言えない。

琴音は不満を収めて珠希に封筒を見せた。

「この前、相田さんから手紙をもらったんです」

「ふぅん」

珠希が興味なさそうな声を漏らし、自分のデスクの椅子に腰を下ろした。

「〝夫との思い出のある部屋なので、これまで引っ越しを考えることができなかったんです。でも、これ以上子供の成長を見逃さないように、もっと息子と一緒にいられるように、思い切って転職して実家に引っ越し、両親と一緒に住むことにしました〟って。翔琉くんは私と一緒にハンバーグを作っているときの絵を描いて送ってくれたんですよ！」

琴音が画用紙を広げて珠希のほうに向けた。色鉛筆を使って丁寧に描かれた絵を見ると、嬉しくてどうしても頬が緩んでしまう。

「よかったわね」

珠希は言って、パソコンのモニタに向き直った。その口元がわずかにほころんでいるのに気づき、琴音は笑みを大きくする。

珠希はクールそうに見えて意外と情が深いのかもしれない。凌太が言っていたことはやっぱり本当なのだろうか。

光友邸からの帰りに凌太に言われた言葉を思い出していると、珠希がふと振り返った。

「ああ、そうそう。あなたの料理の腕は悪くなかったってこと、ちゃんと相田さんから連絡があったから」

「よかったです」

「これであなたを家事代行として派遣するのに問題はないってことがわかったわ」

珠希の言葉を聞きながら、琴音は手の中の便箋に視線を落とした。美雪と翔琉の母子と接して、この仕事も悪くないんじゃないか、と思うようになっていた。

「あのぅ」

琴音は視線を珠希に戻した。

「なに？」

「私、相田さんのお宅に派遣されて仕事をして、私なんかで誰かの役に立てるなら、すごく嬉しいなと改めて思って……エージェント・エスに臨時じゃなくて正式スタッフとして登録し直したいと思ってるんです」

珠希の形のいい唇がきれいな弧を描いた。

「だから私、あなたにはこの仕事が向いてるって言ったでしょ」

やっとわかったの、と言いたげな口調で珠希に言われ、琴音は小さく肩をすくめた。

「じゃあ、これから遠慮なく仕事を振るからね。こき使うから覚悟しておきなさい」

言葉どおり本当にこき使われそうだが、そんな不安よりも清々しさのほうが大きかった。

「はい、よろしくお願いします！」

琴音は気持ちも新たに、珠希に頭を下げた。

☑Case05 見えない想い、訊けない理由 原彰彦の場合

　十二月も中旬になったある火曜日、琴音は五歳の女の子を、入院中の母親に代わって保育園に迎えに行き、父親の会社まで送り届けるという仕事を担当した。業務を完了しエージェント・エスに戻って仕事の報告を済ませたら、もう午後九時半近かった。イル・クオーレのラストオーダーまで、あと数分しかない。でも、家に帰ったら十時を過ぎてしまう。そんな時間から料理をする気にも食べる気にもなれない。それよりなにより二週間近くイル・クオーレに行っていない。

　だが、さすがに今から食べに行ったら迷惑だろう。

(伊織さんにもしばらく会ってないな……)

　エージェント・エスを出てエレベーターに乗り、一階で降りた。エントランスから外に出て、腕時計を見ると、ちょうど九時半。ラストオーダーの時間だ。

　琴音は肩を落として歩き出す。パティスリーの前を通ったとき、イル・クオーレのドアが開いた。伊織が出てくるのかと思ったが、中から現れたのは二十代半ばくらいのカップルだった。

「ありがとうございました」

　ふたりの背後で、伊織がドアを押さえたまま一礼するのが見えた。

「おいしかったね」

女性が男性に言って、ふたりは手をつないで駅の方向へと歩き出した。伊織はドアを閉めようとして、琴音に気づく。

「こんばんは。今帰り？」

「あ、うん」

ふたりは最後の客だろうし、さすがにもう料理は作ってもらえないだろう。琴音が諦めかけたとき、伊織が言う。

「夕食は食べた？」

「ううん」

「よかったら食べていかない？」

「でも、ラストオーダーの時間は過ぎちゃっているじゃない」

琴音の返事を聞いて、伊織は小さくため息をついた。

「そんなふうに気を遣われるのは……寂しいな」

その低い声にドキンとして、琴音は伊織を見た。彼は顔を背けて人差し指で頬をかく。

「いや、兄貴なんか閉店してるのに堂々と入ってきて『なにか作れ』って言うんだ。だから、琴音さんも遠慮しないで」

伊織が一歩下がって琴音を店内に促した。

「それじゃ、お言葉に甘えて」

琴音は嬉しくて顔が勝手にニヤけるのをどうにかこらえながら店に入った。中はほどよく暖房が効いていて、ほっとする。

伊織は厨房に入り、琴音はコートとバッグをカウンター下のカゴに入れて、一番手前の椅子に腰を下ろした。黒板を見ると、〝白菜とパンチェッタのスープ〟や〝ローストポークと冬野菜のグリル〟など、冬を感じさせるメニューが並んでいる。

「夜も遅いし……〝野菜と白インゲン豆のスープパスタ〟にしようかな」

「温まるよ」

「じゃあ、それをお願いします」

「かしこまりました」

伊織は頷き、タマネギやニンジン、セロリなどの野菜を切りはじめた。鍋にオリーブオイルとニンニクを入れて火にかける。香りが立ったら順番に材料を入れて炒め合わせ、最後に白インゲン豆の水煮と水、ローリエを加えて煮立たせた。

これから煮込むのだから、少し時間がかかるかもしれない。

琴音は頬杖をついて伊織が料理するのを見守った。彼は鍋から少し豆を取り分け、鍋の中身を潰してソース状にしはじめる。それが終わると豆を戻し入れ、別の鍋で茹でたフジッリを加えた。味を調え、鍋にスプーンを差し入れてさっと味を見る。その姿は何度か見ているが、そのたびに真剣な表情がかっこいいな、と思う。

伊織は一度小さく頷き、スプーンをシンクに入れた。そうして鍋の中身を、温めておいた深めの白い皿に盛りつける。

「お待たせしました。どうぞ」

琴音の前に置かれた皿からほかほかと湯気が立ち上っている。

「わー、おいしそう！　いただきます！」

琴音は手を合わせてスプーンを手に取った。ひと口すくって食べると、豆と野菜の甘味とベーコンの塩味とコクが溶け合っていて、とろりと絡んだスープの温もりがじんわりと喉から体へと広がっていく。

「ホント、温まるぅ……」

琴音はほうっと息を吐いた。

「正式名称はパスタ・エ・ファジョーリって言うんだ」

「ファジョーリ？」

「ファジョーリは豆って意味。直訳すると〝パスタと豆〟って意味だよ」

「そのまんまだ」

琴音はふふっと笑った。

「でも、ホントおいしい。野菜と豆がソースみたいになってて優しい味」

「気に入ってくれてよかった。こういう味、きっと好きだろうなと思ったんだ」

普通に黒板のメニューにあるということは、伊織は何度もこのメニューを作っているのだろう。それでも、まるで彼が今日の琴音のために用意してくれたように聞こえて、胸がくすぐったい。

琴音は口元をほころばせながら言う。

「うん、好き」

彼は小さく微笑んだ。

「時間は気にせずゆっくり食べて」

「ん、ありがとう」

伊織は豚バラ肉に塩を擦り込みはじめた。自家製パンチェッタを作るのだろう。いつものとおり、イタリア語のゆったりした音楽が流れていて、琴音はリラックスして食事を楽しむ。食べ終えたときには心から満足していた。

「ごちそうさまでした」

伊織はパンチェッタ作りを終え、手を洗って、エスプレッソマシンでコーヒーを淹れた。

「どうぞ。よく来てくれるからサービス」

伊織は琴音の前にカプチーノを置いた。

「えーっ、嬉しい。ありがとう！」

「本当は俺が飲みたかったんだ」

伊織は笑いながら自分のエスプレッソのカップを持ってカウンターをまわり、琴音の隣に腰を下ろす。

「そうだったんだ。今日も一日お疲れ様」

「ありがとう」

伊織はエスプレッソをひと口飲んでカップを下ろした。しばらく手の中のカップを眺めていたが、やがて意を決したように琴音を見た。

「実はね」

その真剣な表情に、いったいなんの話だろうと思いながら、琴音は黙って伊織を見つめる。

「店を改装しようと思ってるんだ」

「え？　どんなふうに？」

「デッドスペースをなくして、テーブル席を増やそうと思う」

琴音はテーブル席を見まわした。ふたり掛けのテーブル席がふたつあり、くっつければかろうじて四人で座ることもできるが、テーブル席が増えればグループ客や家族連れも来やすくなるだろう。

「それ、いいアイディアだね」

「そして、キミが撮った風景写真を壁に飾ってもいいかな？」

「もちろん！」

伊織に訊かれ、琴音はいたずら心を覚えながらバッグからスマホを取り出して操作する。

「これなんかすっごくオススメ」

液晶画面に伊織のコスプレ写真を表示させて、彼のほうに向けた。伊織はプリンスのコスチュームを着た自分の写真を見つけて、露骨に眉を寄せた。

「いつの間に撮ったんだ？」

「伊織さんが海を見ながらひとりでたたずんでいるとき」

「……消去してやる」

伊織がスマホを取ろうとするので、琴音はひょいと右手を引っ込めた。

「これは傑作なんだから、消去したらダメー」

だが、伊織は手を伸ばして、スマホを持ったままの琴音の右手首を摑んだ。

「〝ダメー〟じゃないよ。全く……」

ふと伊織が言葉を切った。

琴音の目の前に伊織の顔があり、握られた手首に伊織の体温を感じる。彼との距離の近さを意識したとたん、琴音の心臓が大きな音を立てた。鼓動はどんどん高まり、琴音の頰が勝手に熱を帯びた。伊織を見つめる琴音を、彼が見つめ返す。

伊織がなにか言おうと口を開きかけたとき、ウィンドチャイムの音と同時に店のドアが開いた。ハッとして伊織が手を離し、琴音はドギマギしながらカウンターに視線を落とした。

「あら」

そのときドアのほうから珠希の声が聞こえて、琴音は背後を振り返った。

「やっぱりここにいると思った」

珠希がカウンターに近寄り、伊織が椅子から立ち上がった。

「いらっしゃい」

「ああ、いいの。食事に来たんじゃなくて、塚口さんに次の仕事を伝えに来たの」

珠希はさっきまで伊織が座っていた椅子に腰を下ろした。

「彼女の代行の仕事が入ったわ」

「彼女の代行!? それって女性と付き合ったことがないような男性とデートして、いろいろと楽しませてあげるんですよね!? そ、そういうの、私には無理ですからっ!」

琴音が顔を真っ赤にして言うので、珠希は怪訝な顔をした。

「いろいろってなにをして楽しませてあげるつもり?」

「え!? あ、あの、手を繋いだりドライブして海に行ったり……とか?」

「そういうのはうちの規定で一切禁止してる」

「え、そうなんですか?」

「まあ、あなたに彼女の代行の仕事を振るのは初めてだから、知らなくて当然か。ドライブデートも個室デートも禁止。スキンシップは手を繋ぐことも含めて一切禁止」

「そ、そうでしたか」

琴音はほっとしつつも、彼女の代行なら自分のような平凡な容姿の女性よりも、珠希のような美人のほうが喜ばれるのではないか、と思った。

「それなら瀬川さんが行ったほうがいいんじゃないですか?」

「ダメ」

「どうしてですか？　凌太さんがヤキモチ焼くから？」

琴音の言葉を聞いて、珠希は一瞬きょとんとした。

「え？」

「『え？』って……。凌太さんと瀬川さんは付き合ってるんでしょう？」

「私たちはそういう面倒くさい関係じゃないわ」

珠希の言葉を聞いて、琴音は怪訝な表情になる。

それはいったいどういうことだろう。付き合っているのではないということは……もしかして、体だけの関係ということ⁉

ひとりで赤面する琴音をよそに、珠希が淡々と説明を続ける。

「依頼人は別れた彼女に、自分にだって新しく恋人ができたんだって言ってやりたいんですって。そんなふうに前のめりになって焦っている依頼人が、私を新しい恋人だって言っても信憑性がないでしょ？　いかにもどこかでレンタルしてきましたって感じじゃないの」

たしかに珠希は美人すぎて、そういう依頼人には不似合いかもしれない。そんなことを琴音が考えていると、珠希が言う。

「依頼人に元カノの写真を見せてもらったわ。今回のケースのような場合、元カノよりも若くて細くて背が低い女性が効果的なの」

「効果的ってどういう意味なんですか？」

「元カノがその真逆だからよ」

琴音はチラリと伊織を見たが、彼はカウンターに背を向けて棚に食器を片づけていた。

伊織は琴音が誰とデートしようが気にならないらしい。そう思うと寂しさが込み上げてきた。

「これで四方さんのときの凌太への借りを返してもらったことにしてあげる」

「えっ、あれは凌太さんの厚意だったんじゃないんですか？」

「指示したのは私だって彼も言ってたでしょ。世の中、ギブ・アンド・テイクよ」

珠希は、さも当然、と言わんばかりの表情だった。

珠希には敵わない。琴音はため息をのみ込んだ。

「わかりました。お引き受けします」

「よかった。依頼人との打ち合わせは日曜日の二時からね。それから三時間、デートに行って」

「わかりました」

「それじゃ、帰るわ。ふたりきりだったのに邪魔したわね」

珠希は意味ありげな笑みを浮かべて、店から出て行った。ウィンドチャイムの音が消えて、またイタリア語のＢＧＭだけが店内に流れる。

珠希が来る直前、伊織はなにを言おうとしていたのだろうか。

琴音がそれを訊こうとするより早く、伊織が言う。

「エージェント・エスの正式なスタッフになったんだっけ？」

「あ、うん。今度は彼女の代行の仕事だって」

「ふーん、そう」

伊織はそう言ったっきり、視線を落として調理台を拭いている。

伊織は琴音が受ける仕事に関心がないようだ。琴音は伊織が淹れてくれたカプチーノのカップを手に取った。ひと口飲んだカプチーノは本格的な味で、少しほろ苦かった。

＊＊＊

「こちらが本日、原(はら)さんの〝恋人〟を務めるスタッフの塚口琴音です」

凌太に紹介されて、琴音は応接室のソファから立ち上がった。

「塚口です。よろしくお願いいたします」

「原彰彦(あきひこ)と言います。今日はよろしくお願いします」

そう言って軽く頭を下げたのは、琴音より十五センチくらい背の高い三十二歳の男性だ。柔らかな茶髪をした明るい顔立ちで、おしゃれな黒縁メガネがよく似合っている。赤系のチェックシャツにチノパンという恰好だ。彼は日本の伝統的な織物生地や工芸品を利用して、現代風のインテリア雑貨を企画・製造しているメーカーで営業をしているという。

彼がカジュアルな服装で来ると聞いていたので、琴音はざっくりした白いニットにスキニーデニムを合わせ、グレーのチェスターコートを持ってきた。

彰彦と琴音がソファに座り、凌太がＡ４サイズの用紙を彰彦に見えるようにローテーブルに置いた。

「先日ご依頼いただいたときにもお伝えしましたが、再度ご確認をお願いします。こちらが恋人の代行をご利用いただく際の規定です」

凌太は項目を手で示しながら、エージェント・エスが規定として定めている禁止事項について説明をはじめる。

「スタッフとの写真・動画の撮影。電話番号やメールアドレスなどの連絡先の交換。ドライブデート、自宅やカラオケ店・ネットカフェなどの個室でのデート。プール・海・温泉など露出の多くなるデート、宿泊を伴うデート。以上は事故やトラブル防止のために禁止しています。また、手を繋ぐなどのスキンシップも禁止です」

「大丈夫です。こちらもそういうのは求めていません。元カノに俺がほかの女性とデートしているところを目撃させたいだけなので」

彰彦の口調が強くなり、彼が元カノに対してひとかたならぬ思いを抱いていることが伝わってきた。

恋人の代行を依頼する理由は人それぞれであるようだ。

琴音がそんなことを思っている横で、凌太が彰彦に話を続けている。

「なにかご不明な点はありませんか？」

「ありません」

「塚口さんは？」

凌太に訊かれて、琴音は「大丈夫です」と答えた。

「では、打ち合わせはここまでにしましょう。気をつけていってらっしゃい」

凌太に促されて、琴音は彰彦と一緒に立ち上がった。エージェント・エスを出てエレベーターに乗りながら、彰彦が言う。

「これから三時間は、塚口さんのことを琴音さんと呼ばせてもらいますね。俺のことは恋人らしく彰彦でも彰彦さんでも」

いくら仕事とはいえ、さすがに初対面の男性を呼び捨てにするのは勇気がいる。

「では、彰彦さんとお呼びしますね」

「よろしく。今日は元カノが料理教室に行く日なので、さりげなく近くでショッピングでもしているフリをして、琴音さんとデートしているところを見せつけたいんです」

「わかりました。あの、それで、元カノさんはなんてお名前なんですか？」

彰彦は「あー……」と呟き、苦い表情になって答える。

「北野優奈（きたのゆうな）です」

エレベーターが一階に到着し、ふたりでビルの外に出た。琴音はチラリとイル・クオーレのほうを見た。まだ客がいるのか、ドアの札は〝OPEN〟のままになっている。

琴音は視線を彰彦に戻した。

「優奈さんはずっとその料理教室に通ってるんですか？」

「ここ一年くらいかな。別れるまでは、よく料理教室で習った料理を作ってくれたんだけど」

それを聞いて、琴音はふと疑問に思った。

「優奈さんは、彰彦さんに作ってあげるために料理教室に通いはじめたんじゃないんですか？」

琴音の言葉を聞いたとたん、彰彦の口調が険しくなる。

「は？　そんなわけないだろ。五年も付き合ってたのに、俺に黙って親友の彼氏の友達とふたりで飲みに行ったんだ。あげくに酔った勢いでキスされたことを俺に自慢したんだぞ。『私のことを好きだって言って、すごく積極的に迫ってくるの』って」

彰彦の豹変ぶりに驚いて、琴音は目を瞬いた。それを見て彰彦はハッとしたように右手を口元に当てる。

「すみません。俺、頭に血が上って……」

「いいえ、こちらこそ配慮が足りなくて……」

「あんな軽い女、別れてせいせいしてるんです。ただ、腹の虫がおさまらなくて……。

あっちが新しい男に走るんなら、こっちだって新しい彼女ができたんだって……俺だってモテるんだって……見せつけてやりたい。俺は元カノに腹いせができたらそれでいいんです」

「できる限りご協力します」

琴音はそう言いながらも、怪訝に思っていた。

彰彦は本当に優奈に腹を立てているだけなのだろうか。

だが、それを訊くとまた彰彦が気分を害しそうだ。琴音は黙って彰彦と一緒に阪急電車に乗った。

「料理教室があるのはあのビルです」

阪急京都線の終点河原町駅で降り、彰彦の案内で駅にほど近い八階建ての白い商業ビルに向かった。繁華街に古くからあるビルだが、数年前に改装されて新しくなっている。琴音は興味を覚えながら、自動ドアから中に入った。そのとたん、心地よいハーブの香りが鼻をかすめた。見ると、中央のエスカレーターの両側にアロマオイルの店とインテリア雑貨の店がある。

時間があったら見てみたい、と思ったとき、彰彦が言った。

「優奈はだいたい三時十五分には教室から出てきます」

つい自分の興味に気が向いていた琴音は、気を引き締めて腕時計を見た。針は三時五分を指している。

「入り口はここしかないから、ここで待ちましょう」

彰彦がエスカレーターの前に陣取ろうとするので、さすがにそれは不自然だと思い、琴音はエスカレーターの右隣を指差した。

「ここで立っているのも不自然ですし、あそこの雑貨店を見ながら待ちませんか？」

インテリア雑貨の店には、明るい柄の布地のエプロンやテーブルクロス、クッションのほか、マグカップやカトラリー、それにクリスマスシーズンらしく、ツリーやリース、キャンドルなども並んでいる。

「ああ、そのほうがよさそうですね」

彰彦が歩き出し、琴音は彼に続いて店に近づいた。仕事で来ているんだからと自分を戒めつつも、可愛い雑貨につい見とれてしまう。

（イル・クオーレも、なにかクリスマスっぽいオーナメントを飾ったらもっとステキになりそう！）

琴音が商品を見ていると、彰彦が言う。

「やっぱり女性はこういうのが好きなんですか？」

「みんながみんなそうではないかもしれませんが……私は好きです」

琴音はしばらく雑貨を見ていたが、彰彦はそわそわとエレベーターのほうを見ている。なにか彰彦をおちつかせるような話をしたほうがいいのだろうか。

琴音がそう思ったとき、彰彦の顔に緊張が走った。

「来た」

「え？」

琴音は彰彦の視線を追って、下りエスカレーターのほうを見る。白いウールのコートを着たぽっちゃり体型の女性が、料理教室の名前がプリントされた紙袋を持って降りてきた。

彼女と目が合っては不自然なので、琴音は彰彦を見た。彰彦が優奈を凝視しているので、琴音は急いで小声で呼びかける。

「彰彦さん。そんなにじっと見てたら、待ち伏せしてたって気づかれますよ」

「あ、ああ」

彰彦は視線を琴音に向け、小さく咳払いをしてそばにあったマグカップを手に取った。

「このマグカップ、か、可愛いな」

彰彦はわざとらしいほどの棒読みで言った。これでは琴音が本物の恋人ではないとバレても仕方がない。

琴音は挽回しようと努めて明るい声を出す。

「お揃いで買っちゃおうか？」

琴音が楽しそうに言ったと同時に、彰彦が大きな声で「あ」と発した。それに反応して、エスカレーターのほうから女性の声が聞こえてくる。

「彰彦」

琴音が振り返ると、エスカレーターから降りてきた優奈が驚いた顔で彰彦を見ていた。

「すごい偶然だな」

彰彦が言い、優奈が彼に近づいた。ふっくらした白い頬を紅潮させている。

「こんなところでなにしてるの？　もしかして私のことを待っててくれてたの？」

すると、彰彦が浮気されたときの腹立ちを思い出したかのように鼻で笑った。

「なに言ってんだよ。俺はデートなんだ」

「デート!?」

優奈が目を見開いて彰彦の周囲を窺う。

「俺の新しい彼女だ」

彰彦が言って斜め後ろにいた琴音を手で示した。琴音は大きく息を吸って、恋人らしいセリフを口にする。

「ねえ、彰彦さん、この方、どなた？」

「あー、元カノ」

彰彦が答えた。優奈は値踏みするように琴音を頭の先からつま先までじろじろと見た。

琴音はひるみそうになったが、ぐっとこらえて優奈を見返した。優奈は三十過ぎぐらいで、琴音より背が十センチほど高く、服のサイズは明らかにワンサイズ大きい。

「俺たち、デート中なんだ」

彰彦が言い、優奈は口元を歪めた。

「へぇ。ずいぶん趣味が変わったのね。彰彦はグラマーなタイプが好きだと思ってたのに」

優奈の視線を胸元に感じて、琴音は胸をバッグで隠したくなった。

「彼女は優奈とはぜんぜん違う！」

彰彦が言うと、優奈の表情が曇った。

「も、もう私のことは好きじゃないって言うの？」

「彼女は俺と付き合ってるのに、ほかの男とふたりきりで出かけたり、ましてキスなんかさせたりしない。誠実な女性なんだ。そういう意味では俺の趣味が変わったのかもな」

彰彦はふんと鼻で笑って、「じゃあな」と優奈に背を向けた。そうして琴音に親しげに言う。

「あっちの店で新しいキーケースを見てみたいな」

「いいよ」

彰彦が歩き出し、琴音は彼に続いた。チラリと振り返ると、優奈は立ち止まったままこちらをじぃっと見ている。その表情は……悲しげだ。

彰彦のほかに好きな人がいるのだとしたら、あんな表情をするだろうか。

琴音は疑問に思いながらも、インテリア雑貨店の奥にある革製品の店に向かった。職人が手作りしたという財布やキーケース、コインケースなどがショーケースに並んでいる。一つひとつ手作りされているだけあって、同じ物はふたつとなく、どれも独特の味わいがある。

彰彦は商品を眺めていたが、男性店員に「気になるものがあれば、お出ししましょうか？」と訊かれ、「結構です」と断った。

「気に入るの、ありませんでした？」

琴音は彰彦に言った。

「うーん、そういうわけじゃないんだけど」

「まだすっきりしませんか？　優奈さん、ショックを受けてたみたいですけど」

あれでは腹いせにならなかったのだろうか、と思ったとき、琴音は背中に突き刺すような視線を感じた。パッと振り返った瞬間、優奈が柱の陰に隠れるのが見えた。

琴音たちのことが気になって追いかけてきたに違いない。

「優奈さん、私たちを見てるみたいですよ」

琴音が囁き、彰彦は辺りを見まわして、柱の陰に隠れている優奈を視界にとらえた。

「なにやってんだ、あいつ」

「彰彦さんのことが気になるのかも……」

「そんなわけないですよ。さあ行きましょう」

「なにも買わなくていいんですか？」

「はい。元カノにうろちょろされたら、おちついて見られませんから」

琴音はビルの出口に向かう彰彦に続いた。河原町通を北へと歩きながら、ショーウィンドウを覗くフリをする。さりげなく振り返ると、優奈が少し離れて同じ方向に歩いてくるのが見えた。

「優奈さんもこっちに来ています」

「なにか買い物でもあるんじゃないですか」

彰彦は冷たく言ってずんずん歩き続ける。

「あの、せっかくだからカフェでお茶でもしましょうか」

琴音は彰彦に提案した。

「時間もあるし、そうしましょうか」

彰彦ものったが、さすがに日曜日の京都だ。河原町通は車道も歩道も混雑している。

「並ばずに入れそうなところ、あるかな？」

「もう少し歩いて探してみますか？」

そのまま三条通（さんじょうどおり）に向かうと、三条大橋の近くにカフェのチェーン店が見えてきた。それを指差して彰彦が言う。

「あそこはどう？」

「よさそうですね」

彰彦は信号をじっと見て青になるのを待っていたが、ふと琴音を見た。

「優奈、まだいますか？」

「えっと……」

琴音は彰彦を見るフリをしながら、目だけで後ろを見た。信号を待つ人混みの中に白いコートを着た女性が見える。

「あ……後ろのほうで信号を待ってるみたいです」

「なんなんだ、あいつ。俺に新しい彼女ができたら気に食わないってのか」

彰彦は不満そうに零した。信号が変わって、琴音は彰彦と一緒に人波に押されるようにカフェに向かった。趣のあるレンガ壁に囲まれたカフェは、通りに面して大きな窓がいくつもあり、薄い色つきガラスを通して中の様子が見える。

「空いている席、ありますね」

琴音が言い、彰彦は彼女のためにドアを開けた。

「ありがとうございます」

ふたりでカフェに入ってカウンターに向かい、彰彦はブレンドコーヒーを、琴音はカフェオレを注文した。それぞれレジで会計を済ませて、コーヒーカップの載ったトレイを持つ。

「どこにしましょうか？」

琴音が彰彦を見ると、彼は通りに面したテーブル席に向かった。

「ここにしましょう」

窓ガラスに面してテーブル席が三つあり、その真ん中がちょうど空いていた。彰彦がテーブルにトレイを置き、琴音は彼と向かい合う席に着いた。コートを脱いで、バッグと一緒に使わない椅子の背にかける。

椅子に腰を下ろしてコーヒーを飲もうとカップを取り上げたとき、彰彦が言った。

「優奈のやつ、街路樹の陰からこっちを見てる」

「えっ」

琴音は窓の外を見ようとしたが彰彦に制止された。

「急に振り返っちゃダメです」

「あ、すみません」

琴音はカフェオレをひと口飲んでカップをソーサーに戻した。

「原因を作ったのはあいつなのに」

彰彦は吐き捨てるように言った。

「このデートは腹いせにならなかったですか？」

「うーん……琴音さんを見てあいつがショックを受けたらすっきりすると思ったんだけどな……。まだなんだか気が収まらないんです」

それは本当にただ優奈に腹を立てているからなのだろうか。それとも……もしかしたらまだ優奈のことが好きだからではないのだろうか。

琴音は彰彦をじっと見つめた。彼自身、なにか抱えている思いがあるようで、なんとも判断しようのない表情をしている。

「やっぱり……許せないんですか？」

琴音が訊くと、彰彦はテーブルに右肘をついて額を押さえた。

「優奈は俺の友達の後輩だった。友達に紹介されて、お互い恋人がいないんならって感じで付き合いはじめたんだ。それから五年、ずっと穏やかに付き合ってきたのに、急になんであんな……」

　彰彦が右手で前髪をくしゃりとかき上げた。

「琴音さんだって嫌でしょ？　彼氏がほかの女と一対一で飲みに行って、その女と、もしキスなんかしたりしたら……」

「彼氏がほかの女性と……」

　琴音は瑛一郎のことを思い出して、小さく息を吐いた。琴音のやるせない表情を見て、彰彦が問う。

「やっぱり許せないでしょ？」

「私は……実はこの間、彼氏がほかの女性とも付き合ってて……その人が妊娠して……それで振られちゃったから……」

「え!?」

　彰彦が髪から手を離して琴音を見た。

「さすがにそこまでされちゃうと、もうどうしようもないですよね。彼もその女性と結婚するって決めちゃったし。別れてから一度、やっぱりそばにいてほしい、みたいなことも言われたんですけど、いくら好きな相手でも、奥さんも子供もいる人とじゃ幸せになれないと思うし」

「そんなことがあったんですね……」

彰彦が沈んだ声を出したので、琴音は慌てて笑みを作る。

「あ、ごめんなさい！　デートなのにこんな話をして！」

「いや、いいですよ。本物のデートじゃないですし」

彰彦はそう言ってくれたが、彼はお金を払って琴音に代行を依頼しているのだ。琴音は罪悪感にかられ、自分の暗い話題を終わらせるべく、明るい声で言う。

「で、でも、今はちょっと気になる人ができたんです！　だから、もうその彼のことは吹っ切れました！」

「ああ、それはよかった。その彼とは付き合ってるんですか？」

「いいえ。私の完全な片想いです」

「それでもその彼が琴音さん以外の女とキスするのは嫌ですよね？」

伊織が自分以外の女性とキスをする。思わずそんな情景を想像してしまいそうになり、琴音は首を激しく左右に振った。

「ほら、やっぱり嫌なんでしょ」

「はい、嫌です……」

琴音は素直に答えて、コーヒーカップに視線を落とした。彰彦がコーヒーを飲み、会話が途切れる。

片想いの場合、好きな人がほかの女性とキスしても、それはどうしようもないことだ。しかし、どうして優奈は彰彦という彼氏がいるのに、ほかの男性とキスしたのだろうか。

珠希に『単純だし、すぐに感情移入する』と言われた琴音でさえ、優奈の気持ちはよくわからなかった。

「俺のなにが気に入らなかったんだよ」

彰彦がコーヒーカップを持ったまま独りごちた。

琴音はずっと考えていた疑問を思い切って言葉にする。

「彰彦さんはまだ優奈さんのことが好きなんですか？」

「冗談じゃない。あんな女、さっさと吹っ切ってやる」

彰彦は険しい表情になって声を荒らげた。

つまり、彰彦はまだ優奈のことが好きだということだ。

琴音は思わず苦笑した。

「どうしてそんなことをしたのか、優奈さんに理由を訊かなかったんですか？」

「訊いてない。俺に飽きたとか、グイグイ来る男のほうがいいとか、どうせそんな理由だろ。知りたくもない」

彰彦はテーブルに肘をついて顎を支え、窓の外を見た。彼の視線の先には優奈がいる。

彼女は彰彦が見ているのに気づいて街路樹の陰に隠れた。とはいえ、本人は隠れているつもりなのだろうが、細い街路樹からは優奈の顔の輪郭が見えている。

「クリスマス前に別れるなんてな……」

彰彦がぼそりと呟いた。

「優奈さんはおいくつなんですか？」

「三十一」

彰彦の答えはそっ気ない。

（三十一歳かぁ……。そのくらいには私も私だけを大切にしてくれる人と結婚して、幸せな毎日を送っていたいなぁ……）

そう考えて、ふと気づいた。

もしかしたら優奈の気持ちがわかったかもしれない！

琴音は背筋を伸ばして彰彦を見た。

「ネットのニュースで見たことがあるんですけど、女性の平均初婚年齢って三十前みたいですよね」

「へえ、そうなんですか」

彰彦は興味なさそうにぼんやりと返事をした。

「はい。東京都は三十代らしいですけど……。もしかしたら、優奈さんは彰彦さんに焦ってほしかったのかも」

「どういうことですか？」

彰彦が琴音を見た。

「彰彦さんとの関係を前に進めたくて、『のんびりしてたら私はほかの男性に盗られちゃうかもしれないよ』って言いたかったんじゃないんですか？」

「俺だって……彼女との関係を先に進めたいと思ったことはありますよ。でも」

彰彦はコーヒーカップに目を落とし、低い声で続ける。

「優奈は公務員として働いていて……去年、係長試験に合格して、昇進したばかりなんです。女性であの歳で係長ってなかなかのものでしょう？」

「そうですね」

琴音が同意したのを聞いて、彰彦は淡く微笑んだ。

「俺、来年、海外に転勤になるかもしれないんです。うちの製品を海外で販売するための土台作りをするためで……会社の将来を左右する大切な仕事です。もちろん昇進にもつながるし、やりがいもある。こんな大きなチャンスを逃したくはない。でも、だからって優奈に仕事を辞めてついてきてくれなんて言えない。待っててもらうにも何年かかるかわからないからお互い覚悟がいる。それで、なにも言えないでいるうちに、優奈は……」

彰彦は視線を落として自嘲の笑みを浮かべた。

「今からでもその気持ちを伝えたらどうですか？」

琴音は彰彦を見つめて言ったが、彼は視線を合わせないまま首を横に振った。

「今さらだよ」

彰彦が黙ってしまったので、琴音はコーヒーカップを持ち上げた。

（本当にそうなのかな……）

琴音はカフェオレを飲みながら窓の外を見た。優奈は紙袋の中を覗くフリをしながらこちらを見ている。

　ここまでするからには、優奈にはなにかそうせざるをえない理由があるはずだ。

　クリスマス前の日曜日。通りは幸せそうなカップルの姿が多く見られる。寒い中、ひとりでぽつんと立っているのは、彰彦に新しい彼女ができたのが気になるから、あるいは気に食わないからだけではないだろう。

　琴音は腕時計を見た。まだ四時過ぎだ。

「少し時間がありますし、鴨川沿いでも散歩しませんか？」

「そうですね」

　そう言って彰彦はテーブルに手をついて立ち上がった。琴音がコートを羽織っている間に、彰彦が返却口にふたり分の食器を持っていった。

　そのまま外に出て、三条大橋を少し南下し、川沿いの遊歩道へと出た。

「川沿いを歩くなんて、本物のデートみたいですね」

　彰彦が右側を歩きながら言った。

　鴨川の川沿いはカップル同士が同じ間隔をあけて座ることで有名だ。コートの襟に首をうずめたくなるような寒さでも、川沿いには数多くのカップルやグループが座っている。そのカップルやグループは、不思議なことにほぼ等間隔で並んでいるのだ。

「あれって〝鴨川等間隔の法則〟って言うらしいですね」

　彰彦が言った。

「そうみたいですね。学問的に研究した人がいるとか、聞いたことがあります」

そのとき、近くのカップルが立ち上がって歩きはじめた。

「私たちも座ります？」

琴音はその空いたスペースを指差した。

琴音と彰彦は遊歩道の端、川へと続く傾斜の手前に並んで腰を下ろした。川の流れは穏やかで、どんよりと曇った空を映している。

彰彦が手の近くにあった小石を取って川面に投げた。石は小さく波紋を残して川底に消えた。彼はまた石を取って投げる。琴音は膝に両肘をついて頬を支え、目だけで遊歩道を見た。夏には納涼床と呼ばれる川岸に張り出した木組みの桟敷席で食事が楽しめるが、今はもちろん閑散としている。その下の遊歩道を、カップルや同世代のグループ、それに観光客らしい外国人の一団が歩いている。

優奈の姿が見えないということは、彼女はもう帰ったのだろうか。

思い切って首をまわすと、三条大橋の上に白いコートの女性の姿が見えた。

（あんなところから……）

琴音は右側を見た。相変わらず彰彦は石を川に投げ込んでいる。

なんとかできないものか。琴音は頭を悩ませていたが、ある漫画で見たシーンを思い出した。

「彰彦さん、前髪になにかついてますよ」

琴音が言うと、彰彦は右手で前髪を触った。

「取れました？」

「んー、まだです」

琴音は彰彦のほうに体を寄せて、彼の顔を覗き込む。互いの息がかかるような近さになって、琴音は彼の前髪をまじまじと見る。

「え、どこ……」

彰彦が戸惑ったように言い、琴音は彼から離れた。

「私の勘違いでした」

「そう」

琴音はさりげなく三条大橋のほうを見たが、白いコートの女性の姿はなかった。

さっきのふたりの振る舞いを見て、漫画の登場人物のように優奈がなにか行動を起こすのではと期待したのだが……。

琴音は一抹の不安を覚えながら呟く。

「優奈さん、帰っちゃったみたいです」

「そうですか……。じゃあ、これで本当に終わりですね。あなたに代行していただいた甲斐がありました。あー、せいせいした」

だが、言葉とは裏腹に、彼の表情は沈んでいた。

「彰彦さんはそれでいいんですか？」

「それでって？」

　彰彦が怪訝そうに琴音を見た。

「優奈さんとの関係をこのまま終わらせてしまって、構わないんですか？」

「終わらせるもなにも、もうとっくに終わってます。優奈も俺に新しい恋人ができたのを見届けて帰ったんでしょう。お互い別々の道を進むしかありません」

　彰彦は腕時計を見た。

「もう五時を過ぎましたね」

　つられて琴音も腕時計を見た。

「あ、もうこんな時間なんですね」

「これで契約終了ですね」

「あ、はい。ご満足いただけましたでしょうか？」

　彰彦は大きく深呼吸して口を開く。

「はい。塚口さんはちゃんと新恋人らしく振る舞ってくれて感謝しています」

　彰彦はコートのポケットに両手を突っ込んだ。

「俺は阪急を使うんですが、塚口さんもですか？」

「はい」

「じゃ、駅まで一緒に行きましょう」

　琴音と彰彦は立ち上がって、遊歩道を四条大橋のほうへと歩きはじめた。

＊＊＊

「ありがとうございました。所長さんと副所長さんによろしく伝えてください」

「はい。ご利用ありがとうございました」

琴音は河原町駅のホームで、梅田行きの準急に乗る彰彦を見送った。特急のホームに着いてから、バッグからスマホを取り出し、報告のためにエージェント・エスに電話をかける。

『はい、こちらエージェント・エスです』

電話に出たのは凌太だった。

「あ、凌太さん。塚口です」

『無事、終わった？』

「はい」

『よかった。電話で報告をもらったし、ファイルに入力するのは別の日でもいいよ』

そう言われたが、彰彦と優奈のなにか裏にありそうなやり取りを思うと心が晴れず、このままひとりで家に帰る気になれなかった。

「いえ、今から行きます」

『そう？』

「はい。行っちゃダメなんですか？」

琴音がわざと不満そうに言うと、通話口から凌太の笑い声が聞こえてきた。

『そんなわけない。琴音ちゃんならいつでも大歓迎』

「じゃ、今から行きますね」

だが、そう言ってから琴音は考えを変えた。

「やっぱり買いたいものがあるので、少し遅くなってもいいですか？」

『構わないよ。イル・クオーレが閉まるまでなら俺たちも開けている』

「そんなに遅くはなりません」

『わかった、気をつけて』

琴音は通話を終了し、スマホをバッグに戻してまた改札を出る。これからはプライベートの時間だ、とワクワクしながらインテリア雑貨の店に戻った。さっき見つけたキャンドルを眺めながら、ガラスの容器に入った小ぶりのものをいくつか選ぶ。

クリスマスやイヴにイル・クオーレのテーブルに飾ったら、雰囲気が出てとてもステキに違いない。

キャンドルが灯された店内を想像して、琴音はうっとりとした。装飾が少ないシックな店だからこそ、おちついた色味のキャンドルと淡いオレンジ色の炎が幻想的な雰囲気を演出しそうだ。

琴音は赤と緑、白のキャンドルをいくつか買って、店を出た。

伊織を訪ねる口実ができたので、イル・クオーレで夕食を食べて帰ろう。

店のドアを開けたとき、伊織が見せてくれる笑顔を思い浮かべて、琴音はほうっとため息をついた。


伊織のような男性があんなふうに笑いかけてくれるだけでも、嬉しいと思わなければいけない。

琴音はキャンドルの入った紙袋を持って、いそいそと駅に向かった。

エージェント・エスに着いて、琴音は事務室で報告書に今日の出来事を手早く打ち込んだ。

「凌太さんっ、確認をお願いします！」

凌太は報告書にざっと目を通して頷いた。

「うん、ありがとう」

琴音のそわそわした様子を見て、凌太が問う。

「これからなにかあるの？」

「あ、いいえ」

凌太にからかわれても嫌なので、琴音はキャンドルのこともイル・クオーレに行くことも黙っていた。

「ふぅん、ま、とにかく今日はお疲れ様」

「はい、では、失礼します」

琴音は頭を下げて急ぎ足で事務室を出た。自動ドアから外に出て、一階のイル・クオーレに入る。

「いらっしゃい」

日曜日の遅い時間だが、カウンター席とテーブル席にカップルがふた組ずつ座っていた。さすがに日曜日はカップルが多いか。

琴音は小さく肩をすくめて、カウンターの隅の席に座った。

「今日はなににする？」

伊織が牛フィレ肉を薄切りにしながら早口で言った。コンロには鍋とフライパンがふたつ火にかけられていて、見るからに忙しそうだ。

「あーっと、グラスワインの赤とカプレーゼをお願いします」

伊織の手が空くまでのんびりしていようと、琴音は思った。伊織は、それでいいの？というように首を少し傾げ、琴音は頷いた。

「ちょっと待ってて」

伊織は薄切りにした牛フィレ肉を皿に並べ、塩、こしょうを振ってオリーブオイルをまわしかけた。ルッコラをざく切りにして肉の上に軽く広げ、モッツァレラチーズをちぎりながら全体に散らし、バルサミコ酢をふりかける。それを持って厨房から出て、入り口に近いテーブル席に給仕する。

「お待たせしました。〝牛肉のカルパッチョ〟です」

厨房に戻りながら、ワインセラーから赤ワインを出し、グラスに注ぐ。冷蔵庫を開けてトマトとモッツァレラチーズを取り出し、それぞれを薄く切って、白い丸皿に交互に重ねて盛る。そして、塩、こしょう、オリーブオイルで味を整えた。それをワインとともに琴音の前に置く。

「どうぞ」

「ありがとう」

琴音はゆっくりカプレーゼを食べながら、伊織が料理するのを見守った。チキンのソテーをフライパンで作りながら、茹で上がったパスタを別のフライパンでソースに絡める。そして盛りつけて、順番に給仕する。

伊織の忙しさを見るに、せめて自分が手伝えば、猫の手ぐらいの働きはできるだろうか。

しかし、伊織は流れるような動きで淡々と作業をこなしていく。

だが、店が広くなれば、今までどおりにはいかないだろう。

誰か雇ったりするんだろうか、などと思いながら、ワインを少しずつ口に含む。カウンター席のカップルにメイン料理を給仕し終わり、伊織がふうっと息をついた。そして、すぐに琴音に目を向ける。

「お待たせ」

「あ、えっと、〝ブロッコリーとベーコンのスパゲッティ〟をお願いします」

「かしこまりました」

伊織が恭しい口調で言ってにっこり笑った。忙しく切り盛りしていたはずなのに、笑顔を向けられ、琴音は嬉しくなる。

伊織はベーコンとトマト、ブロッコリーを粗く刻み、オリーブオイルにニンニクと赤唐辛子を入れたフライパンで炒めはじめた。ガーリックオイルにベーコンの脂の匂いが混ざって、いい香りだ。スパゲッティの茹で汁を入れてとろりと乳化させ、茹で上がったスパゲッティに絡める。それを白い皿に盛りつけ、上にブロッコリースプラウトを盛った。

「お待たせしました」

目の前に皿を置かれ、琴音はワクワクしながらフォークとスプーンを手に取る。

「いただきます!」

フォークにスパゲッティを巻きつけて口に入れた。ニンニクと赤唐辛子を使ったピリ辛のソースが、煮込まれたブロッコリーと一体となって、スパゲッティに絡んでいる。

「おいしい。ブロッコリーもソースの一部になってる。食べるソースみたい」

琴音が呟くと、伊織が頷いた。

「ご明察。食べごたえも栄養もある」

琴音が食べている間に、テーブル席のふた組のカップルが帰り、続いてカウンター席のカップルも会計を済ませて店を出た。

時間を見るとあと五分で十時だ。琴音の視線を追って壁の時計を見た伊織が言う。

「ゆっくり食べていいよ」

「ありがとう。でも、おいしくてパクパク食べちゃう」

琴音がワイングラスに口をつけると、伊織が言った。

「今日の……仕事はどうだった？　彼女の代行の」

「あー……仕事はきちんとできたと思うんですけど……」

琴音は元カノの優奈に尾行されたことを話した。

「そんなことがあったんだ」

「そうなの。彰彦さんの話を聞いても、お互いまだ好きみたい。なんだかすごくじれったい。お互い未練があるんだから、素直に気持ちを伝え合えばいいのに。このままだとふたりはすれ違ったまま彰彦さんが海外に赴任して、本当に関係が終わっちゃう」

「素直になるにはなにかきっかけが必要なのかもね」

伊織が言った。

琴音は食べ終わって、スプーンとフォークを置いた。

「ごちそうさま。今日もおいしかった」

「気に入ってもらえてよかった」

「お会計をお願いしますね」

琴音は代金を支払ったあと、キャンドルの入った紙袋を差し出した。

「あの、よかったら、これ、お店で使ってもらえないかな？」

「なに？」

「クリスマスキャンドル。今日、偶然お店で見つけたの。色もシックで大人っぽいから、イル・クオーレに合うかなって。あ、伊織さんが気に入らなかったら無理に使ってくれなくていいから」

「琴音さんが選んでくれたものなら、ぜひ使わせてもらうよ」

伊織は受け取って、紙袋から透明の袋でラッピングされたキャンドルを取り出した。

「すごくステキだ。店がぐっとクリスマスっぽくなるね。さっそく来週のイヴの日から使わせてもらうよ」

伊織の嬉しそうな表情を見て琴音はほっとした。伊織はキャンドルをカウンターに置いてエプロンを外す。

「駅まで送るよ」

「いいの？」

「ああ。着替えてくるから、ちょっと待ってて」

「うん」

伊織は厨房の奥のドアから出ていった。

伊織ともう少し一緒にいられることが嬉しくて、琴音はドキドキしながら彼が戻ってくるのを待つ。

またこんなふうに心がときめくことがあるなんて、少し前までは考えもしなかった……。

そんなことを思っているうちに、白のVネックニットにネイビーのスキニージーンズを着た伊織が戻ってきた。手には黒のウールのコートを持っている。

「お待たせ」

「ううん、大丈夫」

琴音が椅子から立ち上がり、伊織がコートを持って琴音のために広げた。

「ありがとう」

彼がドアを開けて押さえ、琴音を先に通す。

「もうすぐクリスマスかぁ」

琴音は呟いて夜空を見上げた。いつの間にか雲が晴れていて星がいくつか瞬いている。

「伊織さんはクリスマスイヴも仕事だよね？」

伊織はドアに鍵をかけて琴音を見た。

「そうだね。書き入れどきだし。琴音さんも食べに来る？」

「え、だってきっと忙しいでしょ？」

「んー、逆に予約限定にしたから、実はそんなに忙しくない」

伊織が言って笑った。

「そうなんだ。でも、さすがにイヴにおひとり様は……」

琴音が呟いたとき、伊織がコートを羽織って一歩踏み出した。琴音は後ろ向きのまま歩き出そうとして、段差にブーツのかかとを取られた。

「きゃ」

後ろ向きに倒れそうになり、とっさに伊織が琴音の左手首を掴む。

「危ないっ」

彼はそのまま琴音を引き寄せた。彼の左手が琴音の腰にまわされ、さらに距離が縮まる。

「ご、ごめんなさい。ありがとう」

琴音の頬は伊織のコートの胸に触れていた。彼に握られた左手首からどんどん体が熱くなり、鼓動が大きくなる。

「酔った?」

耳元で伊織の声がした。

「そんな……ことはないと思うんだけどな……」

グラスワイン一杯だけだし、と琴音は口の中で呟いた。視線を感じて顔を上げると、すぐ前に伊織の顔があった。その距離の近さに、鼓動が苦しいくらいに高くなる。

「あの、もう、離してくれても大丈夫……」

琴音が左手を持ち上げたとき、目の端で白いものが翻った。そちらに視線を向けて、琴音は目を見開いた。なぜここにいるのか理解できないでいるうちに、優奈がつかつかと歩み寄ってきて、琴音の前で足を止めた。

「あなたねぇ」

「なんですか?」

琴音はようやく声を発して伊織から離れ、優奈に向き直った。その直後、左頬にパシンと優奈の平手打ちが飛んできた。

「おい！」

伊織が驚いて声を上げ、琴音の肩に手をまわして引き寄せた。優奈は伊織を無視して、怒りをたぎらせた目で琴音を睨む。

「あなた、最低ね！　この人と彰彦を二股かけてるんでしょ!?　傷心の彰彦につけ込んだのねっ!?」

「二股……」

琴音は左頬を押さえたまま伊織を見た。

(そうか……優奈さんは誤解して……)

伊織はまだ状況がのみ込めていないようだ。その彼に優奈が言う。

「この女、純情そうなフリしてとんでもない食わせものだから！　わ、私の元彼とキスしてたんだからねっ」

「えっ」

伊織が目を見開いた。

「あんたみたいな女に……」

優奈が歯ぎしりするのを見て、琴音は痛む頬から手を離し、顎を持ち上げて優奈を斜めに見上げた。

「あなただってしたんでしょ」

「は？」

「彰彦さんに聞いたわ。あなたが先にほかの男の人とキスしたって。あなたに怒る資格なんてない。だって、そうでしょ」

琴音は挑発するように笑って続ける。

「彰彦さんはもうあなたのものじゃないんだから」

強調するようにゆっくりと大きな声で言った。優奈の顔が赤く染まり、驚いたことに目に涙を浮かべた。

「わ、私はしてないっ！　彰彦以外の男の人とキスなんかするわけない！」

琴音は目をぱちくりさせて優奈を見た。

「どういうこと？」

優奈は両手でギュッと拳を作って言う。

「彰彦に焦ってほしくて、男友達に相談したら、『俺が迫ったことにしてみたら』ってアドバイスをもらって……。だから、あんなことを言ったの！」

「なーんだ、本当にキスしたわけじゃなかったんだ。あなたみたいに言葉よりも手が先に出るような女性の考えそうなことよね」

琴音はできるだけ馬鹿にしたような口調で言い、呆れたように笑ってみせた。とたんに優奈の顔が怒りに歪んだ。

「あ、あんたみたいな女には渡さない。絶対に彰彦は渡さないんだから！」

そうして今度は伊織を見る。

「この女の本性を見たわよね!?　あなたも早く別れたほうが身のためよっ」

そう言い捨てて優奈は駆け出していった。

その後ろ姿を見送り、琴音はため息をついた。

「ふぅ、これで一件落着になるのかな。伝えられなかった気持ちを伝えたら、どういう結論を出すにしても、素直に話し合えるよね。それにしても、優奈さんが本当は男友達とキスしてなかったなんて驚き」

琴音は顔を上げて伊織を見た。

「伊織さん、帰ろ……」

言いかけて、彼の愕然とした表情を見て口をつぐむ。

「あ、ごめんね。巻き込んじゃって。あの彼女が、さっき話した依頼人の元カノなの」

「その依頼人のこと、好きになったの？」

伊織が低い声で訊いた。

「え？　まさか」

「でも、キスしたんだ」

「えっ、あ！」

琴音は慌てて首を左右に振る。

「してない！　優奈さんからそう見えるように、彰彦さんの前髪のゴミを取るフリをしただけ！」

「本当に？」

「うん！　スキンシップは一切してない！」

琴音の返事を聞いて、伊織が小さく息を吐いた。

「そうか。よかった。『あなただってしたんでしょ』って言うから驚いたよ」

琴音は顔をしかめて小さく肩をすくめる。

「自分でも驚いてる。私ってば、いったいいつの間にあんな嘘をすらすら言えるようになっちゃったんだろ。でも、優奈さんが彰彦さんを問い詰めたらすぐにバレるよね」

「必要な嘘だったんじゃないかな。あの嘘のおかげで、彼女は自分の気持ちを彼にぶつけられる」

「そう思わないとやってられない」

「頬、痛くない？」

伊織がそっと手を伸ばして琴音の頬に触れた。彼の大きな手のひらに頬を包まれ、琴音はドキッとした。

「だ、大丈夫……」

「そっか」

伊織は優しく琴音の頬を撫でて手を離し、コートのポケットに入れた。

「火曜日に、店を改装するって話をしたよね」

「あ、うん」

「店が広くなったら、ひとりで切り盛りするのは難しいんだ。よかったら……琴音さんに手伝ってほしい」

伊織は琴音をじっと見た。そのまっすぐな眼差しを見て、琴音は初めてイル・クオーレに入って、彼に見つめられたときのことを思い出した。

伊織はすみれと店を持つことを望んでいたはずだ。ということは、琴音をすみれの身代わりにするつもりなのだろうか。

そう考えると、琴音の気持ちは深く沈んだ。

伊織の心が軽くなるのなら力になりたいとは思う。けれど、彼は本当の意味で琴音を必要としているのではないのだ。そんなのは悲しすぎる。

琴音がなにも言わないので、伊織が低い声で言う。

「嫌ならいいんだ」

伊織のそばにいられるのならそうしたい。でも……。

琴音は意を決して思いをぶつける。

「私がすみれさんの代わりに店を手伝ったら、伊織さんの罪悪感が軽くなるの？」

「え？」

伊織が眉を寄せた。

「凌太さんが私のこと、すみれさんに似てるって言ってた。伊織さんも私にすみれさんを重ねて見ているんでしょう？」

「それはないよ。初めて来店したときはすみれに雰囲気が似てると思って驚いたけど、そのときだけだ。それからはキミがすみれに似てると思ったことは一度もない」

「ホントに？」

「ああ。キミみたいに感情も表情も豊かな女性はほかに知らないよ」

「じゃあ、伊織さんは私をすみれさんの身代わりにしたいんじゃないの……？」

伊織がふっと苦笑した。

「そんなことを思ってたんだ」

「ち、違う……の？」

「違うよ。俺もさっきのキミの嘘のおかげで……キミが必要だなって気づいたんだ」

「私が必要？」

琴音は窺うように上目遣いで彼を見た。

「そう。笑顔のキミがそばにいてくれたらいいなって。ほら、キミみたいな子がいたら、店も賑やかになりそうだし」

伊織は照れを隠すように口元に手を当てた。

「ダメ、かな？」

琴音の心臓がトクンと音を立てた。

「ダ、ダメじゃ……ない、よ。嬉しい」

琴音はどうにか言葉を紡いだ。伊織がそっと手を伸ばして、琴音の手に触れた瞬間、バッグの中でスマホが震え出す。

「ひゃっ」

琴音は驚いて声を上げ、伊織はパッと手を離した。

「ご、ごめんなさいっ、電話が」

スマホはバッグの中で無粋な振動音を立て続けている。

「出ていいよ」

伊織に言われて、琴音はスマホを取り出した。液晶画面に表示された着信の相手を見て、ため息をついた。

「瀬川さんからだ」

琴音は通話ボタンをタップし、力の抜けた声で応答する。

「塚口です～」

『私』

「わかってます」

『今日はお疲れ様。また彼女の代行の話があるの。あなたにぴったりだと思うのよね。依頼人は女性と付き合ったことがない二十五歳の男性。デートの練習相手が欲しいそうよ』

琴音は大きく息を吸って返事をする。

「実は私、近々伊織さんのところで働くことにしたので無理です」

『どうして？』

「伊織さんがイル・クオーレを拡張するらしくて。それで、私に手伝ってほしいって」

『それでどうして彼女の代行が無理なの？』

「あの、だって、私、伊織さんと……その、伊織さんが」

琴音がもじもじしながら口を動かしていると、珠希のため息が返ってきた。

『全く。スピーカーホンにしてくれる？』

「あ、はい」

琴音が言われたとおりにした直後、通話口から珠希のハキハキした声が聞こえてくる。

『伊織くん、そこにいるのよね？』

「ああ」

伊織が琴音に並んだ。

『あのね、知ってると思うけど、塚口さんはうちに正式登録したうちの正式なスタッフなの。だから、塚口さんを派遣してほしいなら私を通してもらわないと」

「ええっ、紹介料を取るの？」

琴音が驚いて言うと、珠希の笑みを含んだ声が返ってきた。

『お金じゃなくて伊織くんで手を打ってあげる』

「伊織さん？」

「俺？」

琴音と伊織は同時に声を上げた。

『そう。塚口さんをアルバイトとして貸す代わりに、伊織くんにもうちの仕事を手伝ってもらうわ』

「あの、そういうんじゃなくて私は伊織さんと――」

琴音の言葉を遮って、珠希が言う。

『うちの看板文句は〝あなたに必要な人、手配します！〟よ。伊織くんに必要な人を貸してあげる。だから、うちに必要な人を貸してちょうだい。世の中、ギブ・アンド・テイクよ』

通話口から珠希の高い笑い声が響いてきた。琴音と伊織は目を見開いて顔を見合わせる。

どうやら珠希にとって、ふたりは〝必要な人〟であるらしい。


お困りのあなたへ。

エージェント・エスはあなたに必要な人材の代理・代行をいつでも承ります――。


〈了〉

あとがき

ファン文庫さんでは初めまして。ひらび久美と申します。このたびは『Sのエージェント～お困りのあなたへ～』をお読みくださいまして、ありがとうございます。

個性豊かなキャラクターに、ページをめくる手を止めさせないプチ謎、そしてさまざまなお仕事を中心に魅力的なストーリーが展開するファン文庫さんの本を、これまで読者として楽しませていただいておりました。今回、本作でファン文庫さんの仲間入りをさせていただけることになり、お話をいただいたときは感激で手が震えました(いや、ホントに)。

今作では、家族や恋人、友人の代理・代行サービスを行うエージェント・エスという会社が舞台です。ファン文庫さんのお話をいただく少し前、こうしたサービスがあるのをたまたま新聞記事で読んで知りました。一方で、大好きな祖母の認知症がひどくなり、接するうちに切ない思いをすることがたびたびあり……そうしたことが今作のヒントになりました。

毎日平穏に過ぎればそれに越したことはありません。でも、ときには誰でもなにかしら心残りや後悔、やるせない気持ちや腹立ちを覚えることがあるのではないでしょうか。エージェント・エスを訪れる依頼人たちも、そんなさまざまな思いを抱え、いろいろな人を必要とします。

手ひどい失恋を経験したお人好しの主人公・琴音は、超絶クールビューティの珠希にいいように（？）動かされます。けれど、そうしながらも琴音自身、誰かに必要とされることで、少しずつ前に歩き出します。そしてそれは、珠希や琴音と関わることになった伊織も同じです。悩みながらも彼らが一歩踏み出し、少しずつ心が再生していく。その様子をお読みいただき、なにかを感じていただけたなら、作者としてそれ以上に嬉しいことはありません。


最後になりましたが、愛らしい琴音とクールな珠希、それに陰のあるイケメン・伊織のステキな表紙イラストを描いてくださったツグトクさま、ならびに本作の出版にあたってご尽力くださいましたすべての方々に、心よりお礼を申し上げます。

また、本作をお手に取ってくださった読者のみなさま、本当にありがとうございます。読んでくださるみなさまの存在が、作品を書く一番のエネルギーです。

最後までお付き合いくださいまして、本当にありがとうございました。またどこかでお目にかかれることを祈って。

ひらび久美

この物語はフィクションです。
実在の人物、団体等とは一切関係ありません。

ひらび久美先生へのファンレターの宛先

〒101-0003　東京都千代田区一ツ橋2-6-3　一ツ橋ビル2F
マイナビ出版　ファン文庫編集部
「ひらび久美先生」係

Sのエージェント
～お困りのあなたへ～

2018年11月20日　初版第1刷発行

著　者　　ひらび久美
発行者　　滝口直樹
編　集　　山田香織(株式会社マイナビ出版)、定家励子(株式会社imago)
発行所　　株式会社マイナビ出版
〒101-0003　東京都千代田区一ツ橋2丁目6番3号　一ツ橋ビル2F
TEL 0480-38-6872（注文専用ダイヤル）
TEL 03-3556-2731（販売部）
TEL 03-3556-2735（編集部）
URL　http://book.mynavi.jp/

イラスト　　ツグトク
装　幀　　堀中亜理＋ベイブリッジ・スタジオ
フォーマット　ベイブリッジ・スタジオ
DTP　　富宗治
校　正　　有限会社クレア
印刷・製本　図書印刷株式会社

 ISBN978-4-8399-6795-6
Printed in Japan

Fan
ファン文庫

神様のごちそう―新年の祝い膳―

著者／石田 空
イラスト／転

神様にも食育は必要!?
人気！ 神様グルメ奇譚第三弾

神隠しに遭い「神様の料理番」となった、りん。
電気もガスもない世界「神域」で毎日奮闘している。
師走を迎えたある日、りんは不思議な夢を見る……。